かねだかずき

防音工事がやってきた

難病物語2

文芸社

まえがき

梅の花桜も散って桃の花

二〇〇一年四月十五日、今から一年以上過ぎ去りしその日は、確か桜の花が散り、新芽が芽吹く季節だったような気がする。俺はというと、赤ワインを一人しんみり……いや、ニンマリしながら味わっていた。なぜならその日は、俺の半生を書きつづった本、『難病物語』の刊行日だったからだ。俺が書いた本……夢のような現実に胸がふるえた日である。『難病物語』の原稿を書いていた頃、もともと抱えていた二つの難病にもう一つ難病が加わり、俺自身、病気と孤独との心身混濁状態だった。そんな中、生まれて初めて原稿などというものを書き上げた。いま読み返せば、かなり粗っぽい出来だ。今回はそれから一年が経ち、まともな精神状態でこの本を書き上げることができた。

俺は、極めて治る確率の少ない病気を三つ抱えて今に至っている。我が主治医に言わせれば「三つじゃなくて、もっとあるんだよ」ということらしい。要するに、一つの難病を抱えることによって様々な病気が併発するということである。主治医は、併発した病気をいちいち説明するのが面倒なようだ。そして俺も、いちいち聞くのが面倒くさい。

そんな事情で、もちろん仕事にはつけない。まぁ、無理すりゃできないこともないんだろうが……。じゃあ俺はどうしたもんか？　と思い巡らせた。

幸い、脳ミソは腐っていなかった。俺は、脳ミソが腐る前に原稿を書いてやろうと思い、やたらめったら日常の出来事を書き始めた。

俺が暮らしている町には米軍が使用している飛行場があり、とにかく騒音がすごい。そこで、俺が住んでいるアパートの防音工事が始まったのである。俺は、「おっ、原稿ネタがやってきた」と思い、ただひたすら防音工事の顛末をつづってやった。

工事は空梅雨の季節から始まり、猛暑の夏に突入した。

初めのうちは、様々な人たちと触れ合えて、結構おもしろかった。だが、工事はなかなか終わらない。皮膚は剥がれるわ、首や背骨が痛いわ、血が減ってフラフラするわ、ゴキブリもくたびれてグロッキーだわ、蝉は鳴きだすわ、近所の犬まで吠えだす始末。

ぶっ続けでやればおそらく十日くらいで工事が終わっただろう。その間にお盆なども入っちまって、なな、なんと、工事が始まってかれこれ二カ月近く経ってしまった。聞こえてくる虫の声が、油蝉のロック調から、いつの間にか蜩《ひぐらし》のクラシック調に変わって、夜など、神社の祭囃子まで聞こえてきた。

俺は、また倒れるかと思った。まぁ、いつも思うだけで終わるのだが……。しかしどっこい、体調不良もなんのその、クリニックで輸血をしてもらい、気がつけばいつの間にか書き上がっていたのが、この、おもしろくもあり、俺に言わせればもの悲しく、切ない私小説なのである。

切なくもこれが現実花はまた咲く

二〇〇二年　四月

かねだ　かずき

防音工事がやってきた ―難病物語2― 目次

まえがき ―― 3
防音工事がやってきた ―― 7
クリニック物語 1 ―― 137
クリニック物語 2 ―― 153
夢 ―― 179
あとがき ―― 208

防音工事がやってきた

病気をたくさん患い、「病だれ」している俺は、梅雨が明けたか、明けないかわからない七月、クリニック仲間の井口さんに会ってみようと思い、予定より一週間早くクリニックにやって来た。まぁ、それだけでもないのだが……。

クリニックの玄関先には、お馴染みの電動機付きの自転車が見えていた。井口さんは来ているようだ。

自動ドアを入ってすぐ、ロビーの最前列の一人がけの椅子で、井口さんは踏ん反り返ってテレビの相撲中継を観ていた。

「ようよう、しばらく」

と、俺は彼の隣に腰かけた。

「おう、久しぶりだなぁー」

と言った井口さんに会うのは四カ月ぶりになる。俺と同じ、このクリニックの患者だ。

「どう、調子は。亀ちゃん（Dr.《ドクター》の愛称）は、いいよ、とは言ってたけど」

「うん、いいよ。でも、ここんとこ二、三百ぐらいはあるかなぁ」

毎度の血糖値のことだ。彼は、これでもいいほうだと言う。

「孫たちに振り回されて運動になってんじゃない？」

彼には孫が三人いる。

「風呂は俺が入れてるけど、ほかは何もしんねぇよ」

彼は孫でマゴマゴしていると思ったが、意外と何も「しんねぇ」ようだ。

「今日は長く待ってんの？」

「うん。もう一時間かな。亀ちゃんの診察の時は患者が多いんだよ。帰ってもいいけど、検査があるからなぁ」

Ｄｒ.の名前は亀井という。診察室では井口さんは何と言っているのかわからないが、巷では、亀ちゃんと親しみ（？）を込めてそう呼んでいる。

「最近、クリニックはダメだなぁー。外来では看護婦が二人でやってるよ。バタバタしてるから亀ちゃんも忘れっぽくて……」

「今に始まったことじゃないよ。忙しいからなぁ、亀ちゃんは……あっち行ったり、こっちに戻ってきたり、内視鏡検査したりで……いなかっぺはがんばらなければ大変なんだろ……おっと、診察カードを忘れてたよ」

俺は話し込み、診察カードを出すのを忘れていた。

椅子のすぐそばにあるカウンターの受付箱に診察カードを入れた。

「おやまっ、出してなかったのかよ」

「うん」

と言い、それを見ていた受付嬢に、

「一番最後にして……」

と、口に手を添えて静かに言った。

受付嬢はわかったかどうか。

「最近の相撲は面白くねぇなぁー」

と、井口さんが言う。相撲は終わりにさしかかっていた。

井口さんはそこでアナウンスされ、モスグリーン色のTシャツに釣り用の網のベスト姿、葦毛の髪の毛に口髭で、呼ばれた第三診察室のほうへ杖をついて向かっていった。俺は井口さんにタメ口で話しているが、井口さんは俺よりかなり年上である。

「まだ患者がいっぱい待合室にいるよ」

と、言って再び戻り、また座った。

「ところで本を亀ちゃんから貰ったぁ?」

「あっ、貰ったよ。金がかかったろ?」

「まあね。もうどうすることもできないからヤケクソよ。どうにかなるさ」

相撲は終わり、井口さんは「向こうに行こっ」と言って診察室のほうへ杖をつきながら向かった。俺はニュースでもと思ったが、井口さんに続いて向かった。

井口さんは診察に入った。

俺が言うのも何だが、病人の多い世の中になった。午後六時を回ったというのに、五、六人診察を待っている。

「アッハッハ」

と、診察の始まった井口さんの笑う声が廊下の長椅子まで聞こえてきた。冗談でもコイているのだ。

俺はハタと考えた。

(俺は何しに来たんだ。そうだ、血液検査をしてもらうためだ。井口さんにも会ったし、いっちょ真面目に病人して帰ることにすっか)と思い、処置室を覗いた。

井口さんは診察が終わり、採血のために処置室に入った。

「ちょっと見てくれよ」

処置室を覗いた俺に、体重計に乗った井口さんが言った。糖尿で、右か左のどちらかの眼が悪いのだ。

「六十五キロだよ。俺より重いよ」

身長が俺より低いのに体重は俺より五キロも重い。

このクリニックでは一番新参の看護婦が、井口さんの採血をしに、カルテを持ってやってきた。

「かねだですが、俺、診察前に採血検査をしたいんで、先生に聞いてくれますか?」

ほかの看護婦なら名前を言わなくてもわかるのだが。

「ちょっと待ってください」

すぐDr.の診察室へ消えた。まもなく看護婦が戻り、採血をすることになった。

「またこの二人が一緒になるとうるさくなるわ」

と、お馴染みの柳看護婦が横っちょから顔を出して言った。もうお馴染みもお馴染みの俺たちなのだ。井口さんは一足先にロビーへ消えた。

「特急で検査するからね。待っててね」

と言う看護婦に送られ処置室を出た。まだ患者が、二、三人待合室にいた。

二人終わったところで、診察室のカーテンを開けてDr.が出てきた。

「六・九。もう一人いるからちょっと待ってて……」

採血の結果を俺に知らせ、またカーテンの中の診察室にＤｒ．は戻っていった。診察はすぐに終わり、

「おまたせ！」

と、俺の診察が始まった。

「どう、アパートの防音工事は……」

俺の住んでいる町には米軍の飛行場がある。その防音工事が今日、月曜日から始まったのだ（防音工事…テレビも電話の声も聞こえない騒音、騒音ではなく轟音に近い百デシベル以上の轟音が、夕方から夜の十時ごろまで響くのだ。夜に訓練をする、飛行場を空母に見立てて車輪が滑走路にタッチしたら、着陸しないで再び飛び上がるという訓練、いわゆるタッチ＆ゴーを繰り返す。この訓練をＮＬＰという。それらの防音のための工事）。

Ｄｒ．の診察は、病気じゃなく、俺の生活調査から始まった。

「もう始まったよ、今日から……。検査結果が悪かったらクリニックに逃げようかなと思ってたけど、これじゃあね」

工事がうるさくなり、とても寝ていられないから入院させてよと、以前、冗談交じりで

相談をしていた。

「じゃ、今、どこにいるの？」

「アパートにいるよ。工事している部屋と、もう一つ四畳半があって、そこに荷物。俺は今は、日中は台所にいるのさ。一人もんは一部屋と台所なんだと、工事は」

と、俺に言われ、頭の中で、知らぬ部屋の間取りを思い巡らすＤｒ．である。

「もう入院はしないよ。体調もそんなに悪くないし」

「特発性血小板減少性紫斑病《とくはっせいけっしょうばんげんしょうせいしはんびょう》」の血液の貧血状態を示す数値が多少下がったが、血小板は今までになくいい結果だった。ほとんど出血らしい出血はなかった。でも貧血が進んでいるということは、溶血として眼には見えない血尿があるということだ。

「ほんとは、やたらと輸血をしないほうがいいんだよ。肝硬変《かんこうへん》に移行するから。溶血も盛んになるし、今は黄疸《おうだん》が薄いでしょ。かねださんは自分でわかるでしょ。その意味が……」

と、Ｄｒ．は意味深長に言った。

これだから俺の躰は難しい。輸血をやりゃやったで他が悪くなる。やらなきゃやらないで動けなくなる。

今の生かさず殺さず、の状態でＤｒ．はいきたいようだ。でも、俺もこれが正解だと思う。

もう病気を増やしたくはない。メシぐらいは旨く食いたい。

「医者の立場からして、ヘモグロビン五万台が輸血の目安だね」

と、言った。ヘモグロビンといっても、いろいろな種類に分けられるそうだ。俺に関係するヘモグロビンの数値が五万台に落ちたら輸血ということらしい。でも病院の利益を考えると入院したほうがいいのだが……。

（まぁ、Ｄr.も難しい立場だかんなぁー）

と思う俺である。


（俺だって入院はしたいし、かといって、いくら暇でも金とか躰とか生活の都合とか俺だって悩みがいろいろとあるのさ）と、Ｄr.に言いたい。ぐっとそれらを飲み込み、

「じゃ、今回は持ち越し。ほんとは入院して、ほら先日の整形の障害手帳の件もやろうと思ったんだ……エコーもだいぶ御無沙汰だし……乾癬《かんせん》はだいぶいいよ」

淡いブルーの長袖シャツを、腕まくり腹まくり（？）をして見せてやった。

「おおー、きれいになったねぇ」

「乾癬は脂肪の多いところがきれいになりやすいんだよ」

じっくり俺の一番最初になった病気「尋常性乾癬《じんじょうせいかんせん》」を診たＤｒ.は、

「勉強になるよ。じゃ、きれいなうちにエコーでもＣＴでもやるか?」

（まずい……見せなきゃよかった。商売気に火をつけちまった）と思い、

「いいよ、いいよ。臓器はどこも悪くないから」

俺はいちもくさんに診察室のカーテンを開けて、中待合室から、

「印税が入ったよ。千五百七十五円！」

と言った。俺の電子出版の印税が先日振り込まれたのだ。

「ええー、なにぃー?」

と、診察室でＤｒ.は叫んでいた。

（もっと本が売れなきゃ、数多い、他の診察は受けられない）と思い、誰もいない廊下を会計に向かった。

処置室では小ぶりの柳看護婦が何やらメモっていた。

「俺さぁ、治るかもよ……なんてね」

「あら、そう?」

「治るわけないじゃん。ちょっくらいいだけよ。じゃ」

「お大事にぃー」

クリニックを出ると、すぐ旧国道だ。もう薄暗い。そして歩道を歩いてクリニックの駐車場の入り口を通り過ぎると、ほどなく薬局の玄関に着く。

「今日は薬が少ないですね」

薬局の女性薬剤師だ。

「今日は血液検査と遊びで……」

「あっ、そうですか……薬はいつものです」

「ありがとうございます」

「お大事に」

車が二、三台、駐車場に残っていた。いったい誰の車だろう。患者は俺が最後なのに。

（……そうか、透析患者かもしれない）と思い、別の駐車場を見たら、Ｄｒ.の外車が駐車しているのが見えていた。

（俺に嫌みを言われるのが嫌で、奥まった所に駐車したな）と、俺は勘繰り、駐車場をあとにした。

今日は四畳半の箪笥《たんす》と箪笥の間で目が覚めた。午前六時だ。エアコンも外されているため、朝から暑い。まぁ、エアコンがあっても使用することは少ないのだが。工事中の物が散乱している部屋の窓を開けて、朝の空気を入れた。暖かいせいか、体調は絶好調（？）だ。

＊　＊　＊

八時になれば工事関係者が来る。テレビのコードを繋《つな》いでスイッチを点《つ》けた。画面がザァーザァーだ。アンテナのコードも外してあったことを忘れていた。テレビのアンテナコンセントは工事材料だらけの隣の部屋にある。それも繋いだ。ちょうどスポーツニュースを放映していた。イチローがデッドボールを食らったとニュースが流されていた。

昨日はクリニックから戻ったら午後七時半を過ぎていた。メシを食い、ボーッとテレビを観て、九時に寝た。工事用の杉の木の、懐かしさを覚えるいい匂いが部屋中に立ち込めて、眠気を誘ってくれた。

蒲団《ふとん》をたたみ、台所で早めにメシを食った。テレビのコード類を外し、工事をしている部屋の窓を少し開けておいた。やかんで麦茶を作り、新聞を読み始めた。

午前八時、工事関係者が部屋のチャイムを鳴らしてやってきた。

「失礼しまーす」

「はいぃー、どうぞぉー」

背の高い大工さんで、少し猫背の親しみのある人だ。歳は俺と同じぐらいだろうか。

「昨日、鍵を開けっぱなしで出かけたでしょ。何かなくなってませんでしたぁ?」

「うん。俺はいつも開けっぱなしだから。盗まれるものはなんにもないから……」

ワープロも点けっぱなしでクリニックに行ったのである。昨日、Dr.も「大丈夫?」と言っていたことを思いだした。

できあがった麦茶を違う容器に入れ、冷蔵庫には入れないでほうっておいた。俺は夏でも冷たいものは飲まないことにしている。

口髭を生やし、作業服の袖をまくり上げ、釣り用らしき網の黒いベストを着た工事監督もやってきた。

「早いですね。工事、十日ぐらいで終わりそうですか?」

「そうですねぇ……」

「俺がいると邪魔でしょ」

「いたほうがいいんですよ。荷物なんかもあるし……うちとしてはそのほうが……のこともあるので」

「俺は開けっぱなしだから、いないときでも鍵はかけなくてもいいですよ」

監督は笑って部屋を出ていった。

さて、新聞も読み終わり、やかましい工事音を聞きながらワープロを打ち始めた。何をすることもできない。これが俺には一番の暇潰《ひまつぶ》しなのだ。

暇潰し人生潰しゴク潰し

＊　＊　＊

工事三日目。今日はあまり工事がなさそうだ。奥の六畳の部屋の壁直しが少し残っており、昨日の、のんびりした大工さんが、「すんません、少し忘れてました」とやってきた。

俺がワープロを打っているのを見たらしく、

「うちで仕事してんですか？　コンピュータかなんか？」

「いやいや、暇潰し。グータラしてんのよ」

「うるさいって文句を言われましたよ。向こうで」

「自分とこだって工事したんだろうけどね。お互い様なのに」

工事の音がうるさいと、アパートの他の住人が言ったようだ。他の部屋も去年の正月に防音工事をしたのだ。

「しょうがないよね。嫌だったら一軒家でも買えってんだ。ねっ、大工さん」

「そうだよ、借家に入っててさ……」

意見が一致したところで壁の工事が終わった。

次は壁のクロスを貼るそうだ。

工事は午前中はなく、テレビでメジャーのオールスター戦を九時から昼まで観た。新人のイチローがヒットを打ち、今年で引退の鉄人カル・リプケンＪr．がホームランをかっとばした。その間に電気屋が来て蛍光灯を取りつけていった。

午後からお袋の病院に行き、餌を買い出ししてアパートに戻った。クロスの壁貼りが始まっていた。畳屋はせっかく寸法取りして直して持ってきたのに寸法が違い、また持ち帰ったようだ。監督は「しょうがねぇーな」と言っていた。

思ったより工事が早く終わりそうだ。今度はサッシの交換だ。これは来週のようだ。そして荷物をまた移動し、今度は台所の工事が始まるのだ。

暑くて体調がいいからいいものの……寒いときだったら耐えられなかっただろう。あと何日、この工事が続くのか……台所で意味もなくワープロを打ち、新聞を読んで過ごしている。

横になれなくて背中や首がだるい。乾癬の状態がいいので、半袖で過ごしている。唯一これだけが救いだ。

夏の暮れ穏やかなれどやや暑い

＊　＊　＊

暑くて目が覚めた工事四日目。

昨日、関東地方が梅雨明けしたそうだ。梅雨のない梅雨明けだったような気がする。九州南部より先に梅雨明けとか。

午前四時だ。まだ早いので、蒲団でうつらうつらして時間を過ごした。畳の一枚が抜けている。あとはエアコンとサッシを取りつけるだけになっている。

八時に二人の太めの畳屋がやってきた。

「寸法違いで帰ったよと、監督さんが言ってたよ」

「結構、口が軽い監督だな」

と、苦笑いしながら最後の一枚の畳をはめ込み帰っていった。畳表が青々として新しくなっていた。寸法を失敗したため、表を新しくしたようだ。

「おはようございます」

と、髭の監督がやってきた。

「これで明日はクーラーを取りつけに来ます」

「こっちの部屋に荷物をぼちぼち移動しますよ」

「いいですよ。サッシのところを少し空けてもらえれば」

と言って監督は帰った。

午前中は日差しがガンガンで、温度計がもう三十度を軽く超している。今日は風が強く、それでいくらか助かっている。

工事中梅雨明けの朝猛暑かな

＊　＊　＊

昨日はフェーン現象も重なり、関東地方は猛烈な暑さだった。埼玉県では三十九・二度にもなったようだ。俺もバテて、夜の野球中継が始まった途端に寝てしまった。そして、今朝は午前四時に起きた。ゴミを出し、新聞配達と朝の挨拶を交わし、あまりにも早いのでまた一眠りした。何時にエアコン取りつけになるか、この暑さじゃ電気屋も忙しいだろうに……。

いつものように麦茶を作り、扇風機を回し、ボーッと暑さを耐え忍び数時間、ようやく電気屋がやってきたようだ。アパートの外で監督と打ち合わせをして、

「こんちはー、エアコン屋でーす」

黒いTシャツに真っ黒く日焼けした電気屋だ。

午後一時五十分。気温が台所の温度計で三十五度を示している。テーブルも、壁も、触ると生温かい。

工事が始まったが、台所のエアコンと連動する機器か？　果たして今つける部屋のエアコンは今日から使えるのか怪しいもんだ。でも、機器を見れば単独のようだ。

台所の窓の外、そして玄関と、ズリズリズリと、サンダルを引きずって歩く髭の監督が俺の部屋にやってきた。

「こんちは、どうもー」

と、俺のサンダルを挟んで少し開けてある玄関のドアから入ってきた。監督は台所のテーブルの上のワープロを見て、

「なに？……小説でも書いてんの？」

「いやいや、そんな……暇潰し」

と、俺は曖昧に返事をした。することもなく、この工事まで原稿ネタにさせてもらっている。

まだ終わんない。ちょうど三時だ。台所の窓と玄関も開けっぱなしだが、三十五度もある。

「あっちー……」と思ったところに、パパー、パパーと、隣の住人の白い車がクラクションを鳴らしながら帰ってきた。痩せて不精髭を生やした三十ぐらいの独身男だ。三交代の会社にでも勤めているのか、帰宅時間が一定していないようだ……今流行りのフリーターか？

隣の住人の駐車場には、電気屋の車が駐車してあった。

俺は裸足で外に出て（サンダルをドアに挟んでいたから）、

「ごめん！　今どかしてもらうから」

と、手を挙げて合図をした。

電気屋を呼び出し、車を入れ替えたお隣さんに、

「すんません、俺んとこ工事なのよ。うるさいでしょ、夜勤で寝てたんじゃないの、こないだ」

「仕方ないよね。お互い様だから」

外出先から短パンTシャツで戻ってきたお隣さんが言った。

「今年は何軒やってんの？」

彼の部屋も去年の正月頃に工事をしたのだ。

「今年は五、六軒かなぁ」

「ゴキブリが多くてさー、まいっちゃうよ」

「逃げてくるんじゃない。あちこち工事してるから……うちはまだ台所が残ってるのよ。うるさくてすみません」

俺んちのゴキブリが隣に待避していったようだ。

まともに話をしたのは二度ぐらいだ。結構、帰宅してもいるかいないかわからない、名前さえも知らない隣人だ。

四時にエアコン取りつけが終わった。

「終わりました」

と、片づけも終わり、

「暖房になったりしてね……」

と、俺が冗談を言ってやった。

「どうすかね？　部屋が燃えてたりして」

部屋の襖《ふすま》を開けると、真新しいエアコンから涼しい風が新しく内装された部屋に流れ込んできて気持ちいい。うまくいったようだ。俺のポンコツ軽自動車も暑いだろうと思い、車の窓を開けておいた。ポンコツに逃げ込むにも俺のポンコツはクーラーが壊れていて涼しくならないのだ。

車検時に直そうとしたが、整備士にかかってもポンコツのクーラーは直せなかった。

灼熱やクーラー利かず麦茶浸け

＊　　＊　　＊

今日は工事がない。昨日は今年一番の暑さだった。毎日こんなことを言っている。これからが夏本番なのだ。

久しぶりにクーラーをつけて寝て、今日は躰が強ばっている。たかが二十八度、冷えているうちには入らないのに……。夜中にクーラーを切った。今度は眠れない。扇風機につけかえて午前二時半、また眠った。

いつもどおりにパンと牛乳で朝食を取り、そのあと台所の片づけをのんびりと休み休みやった。暑いさなか、我ながらよくやった。

昼食は、冷えていない冷やし中華、胡瓜も卵もなし、酢も大して入っていないタレをかけて流し込んだ。

午後から褒美に弁当を買いに行き、冷蔵庫にそれをぶっ込んでおいた。

洗濯も終わった。あとは洗濯機と冷蔵庫を移動すれば終わりだ。これは月曜日に移動することにする。台所の工事が始まると、二、三日は弁当を買うことになる。ガス、水道などが使用できないらしい。

外食や弁当じゃ、金がかかりそうだと、みみっちい思いが暑さで煮えたぎった脳ミソに浮かんだ。

来週何を工事するか、ほとんど連絡しないでいつもいなくなる監督だ。月曜日からは台所の工事をすることになるんだろうか？

(早く終われよなぁー、餌代がたまんねぇーぜ。たまには弁当でも持ってこい)と思い、今日はクーラーのスイッチを入れた。

八つ当たり冷やし中華が身に沁みる

＊　＊　＊

誰も来ない静かな日曜日だ。暑い日ではあるが風が部屋を通り抜けて、いくらか涼しい。台所の物もほとんど片づけた。明日から台所の工事が始まっても大丈夫だ。

工事を見ていると、一部屋、四日間で終わる。あと四日の辛抱だ。それからまた誰も来ない日々が続くだろう。

躰もどこも痛いところもなく順調にこの工事を乗り越えることができそうだ。俺みたいな躰には猛暑のほうが薬なのかもしれない。

明日からは日中はどこか外で過ごそうと考えている。またうるさくなるし、二、三日は自炊もできないだろう……暑いから涼しい所はないかと考えた。車はクーラーが利かない。図書館は入ったこともない。そこで安易にパチンコと思いついた。もしかすると、クリニック仲間の井口さんとも遭遇するかもしれない。この猛暑では一番涼しい所かも……余分な金があればの話だが。

金なくもパチプロの腕発揮かな
タヌキの皮よりタヌキ蕎麦かな

＊　＊　＊

せっかく荷物を移動したのに工事屋が来ない。先日どこかの部屋の住人が、夜勤のため朝は寝ているのでやかましい、と言ったとか、それで朝から工事をしないのだろうか。でも、さっさとやってほしい。こっちは躰との相談の上で動いているのだ。血尿もなく乾癬もいいが、多少貧血もあり、そして脊椎炎《せきついえん》のため何となく躰がゆらゆらしている。チャイムが鳴った。やっと来たか？　と思ったが、工事屋は工事屋だが、工事会社のお客様係の女の人だ。

「こんにちは。お世話になってます。工事の進行具合はどうですか……これをどうぞ」

と言い、お中元の手さげ袋を俺に差し出した。

「あっ、どうも……向こうの部屋はサッシだけ残して終わりました。今日はまだ来ないですね」

俺はまったく遠慮しないで中元を受け取った。

「車上荒らしにあって、車が今日は出られないんですよ」

「うちのそこでも、こないだありましたよ」

今日は、彼女が中元を届けるついでに工事ができないことを知らせに来たようだ。

「もう台所もいつでもいいですよ。片づけときました」

「ありがとうございます。じゃあ、また伺います」

と言って、お客様係の人は帰っていった。多少、水商売風の顔立ちに、黒いスーツの彼女は妙にお客様係が似合っていた。

お中元手渡す貴方が色っぽい

＊　＊　＊

何たることか今日も来ない。午前八時過ぎにどこかの部屋で工事の音がする。まだ南側の六畳部屋を工事していないところがあるようだ。北側が台所なのだ。真ん中に四畳半がある。一応、２Ｋなのだ。

今日も朝からあっちー。それから間もなくチャイムが鳴り、表具屋が襖の張り替えにやってきた。荷物を動かしてやった。襖を持ち帰って張り替えるようだ。監督も来て見ていった。

「もう台所も片づけておきましたからいつでもどうぞ」

と言ってやった。

（おっ、もう片したのか？）といった表情を見せて髭の監督は帰っていった。

「エアコンが設置されたし、利いているからゆっくりやってください」

と、心にもないことを言ってしまった。（サッサとやれよ）と俺は思っている。俺はエアコンはどうでもいいのだ。この暑さでも日中は使わない。使うのは蒸し暑い夜だけだ。

先日、班長さんも自治会費の集金に来て言っていた。

「時間がかかるんだよねぇ、やりゃできんのに……」

明日からは始まるだろうか？　朝からずっと四畳半の荷物に囲まれてテーブルの椅子で

過ごしている。

さっさとやらないと俺の体調も崩れそうだ。ゆっくり横になっていられないのがつらい。

炎天に工事の遅さが苛立たせ

＊　＊　＊

白々と空が明けてきた。午前四時半を回った。俺は最近は午後九時ごろに寝る。故にどうしても朝早くなる。

早くなる、というか早く起きるようにしているのである。躰の強ばりとか、貧血もあり、起きておかなければ工事がいつ始まるかわからないからだ。

薬もいつもより強めに飲んでいるので夜中にも何度もトイレに行っている……多少、躁鬱気味だから、早朝覚醒かもしれない。暑いので躰の強ばりや痛みがあまりないのが心を穏やかにしている。工事が冬だったりしたらこうはいかないだろう。

「早く工事よ、終わってくれぇー……」

白空に神頼みする朝まずめ

＊　＊　＊

何となく気持ちが落ち着かない。アパートの工事のせいだ。誰か来たら寝ていた……なんて、みっともないような気がして……。

最近は文庫本を古本屋で買い求め読んでいる。これが一番安上がりに時間を潰せる。俺はほとんど本を読まない。週刊誌はたまに読むが……。今読んでいる本は、その週刊誌に掲載されている椎名誠という作家が書いた小説だ。なぜかこの作家が気に入っている。いわゆる自伝的小説というものらしい。これが肩肘張らず、ほのぼのとして気軽に読めるからだ。堅っくるしいものはどうも……。

工事屋からはまったく連絡がない。書面の一つでも配ればいいのに、成りゆき任せのダメな会社だ。俺は暇なもんだから、やたらと気になる。餌の買い出しにも出られない。買ったとしてもいきなり工事が始まると、ガス、水道が止められるので材料が無駄になる。

外食ばかりじゃ栄養が偏る、なんてこたぁーないが、食事代が高くつくほうが気になる。

先日、ようやく本の印税が二万足らず入ることの通知がきたばかりだ。俺も印税というエライものを貰って何となく嬉しいような……。

慣れぬ物貰っちまっていいのかな
印税貰いなぜか虚しい

午後二時に大工さんがやってきた。

「また忘れちゃって」

先日の忘れっぽいのんびりした大工さんだ。六畳間の天井板の隙間を埋めるのを忘れたようだ。

「ついでに玄関ドアのストッパーをこさえてくんない？」

「ん？　いいよ」

人のいい、背中が俺のように猫背になった大工さんだ。

また戻り、わざわざ接木《つぎき》し、鉋《かんな》もかけて、しっかりとしたストッパーを作ってきてくれた。

「それにさぁ、トイレの便座が割れてケツが挟まるんだけど、代えられるかなぁ?……」

甘えついでにもう一つ聞いてみた。

「うん、監督さんに言っとく……」

「暑いのに大変だよね」

「ローンがあっから大変だよ、稼がないと」

「いいじゃない、ローンが組めるだけ……大工でしょ、自分で建てたら……」

「いゃー田舎もんは土地がないから高くつくよ……お宅は気楽でいいじゃない。一人もんで」

「病気がなければね……俺は首が回んないんだよ。冗談じゃなく」

俺は三つめの病気、「強直性脊椎炎《きょうちょくせいせきついえん》」で動かない首を躰ごと回して見せた。

「そう……何で食ってんの?」

「借金で……首も回んないし、みんなに世話になってんのさ……」

「オレさぁ、昭和二十五年生まれなんだよ。宮崎の生まれさ。オレ、もう五十だよ」

「俺は岩手。来年が五十。家族がいるだけいいよ。歳取ったら惨めなもんになるよ、俺は」

「オレは家は二軒目だよ。親父に取られてさ……」

結構話し好きで、苦労している大工さんのようだ。

隙間埋めも終わり写真を撮るようだ。部屋番号の看板を俺が持ってやった。

「すんません、バッチリ撮れました」

と、写真を撮り、作業が終了した。

四畳半のテーブルに置いてある、電源入れっぱなしのワープロを大工さんが見た。

「パソコン、息子に買ってやったんだよ。二十万もしてさ……」

「俺のはパソコンじゃないよ。ワープロ。高いもんは買えないよ」

「今さぁ、学校で使うらしいんだよ」

おとうちゃんは大変なようだ。片づけをして「じゃあ」と言って、首からさげたタオルで汗もふかず、顔から玉の汗を流して部屋を出ていった。

大工さん家族支える夏の汗

＊　＊　＊

いゃー今日は涼しい。日差しもなく、気温もいつもより低い。台所の壁にぶら下がっていた温度計は、今は四畳半の桐箪笥の取っ手にぶら下がり、摂氏二十九度を示している。猛暑続きだったので、これでもかなり涼しい。

俺は工事中は、ここのテーブルで一日を過ごしている。茶箪笥がテーブル前の部屋の隅にあり、その前に食器の入った箱、その前にはコードを抜いたFAX兼電話。茶箪笥の上には十四インチのテレビ。出窓には電子レンジやら時計、小物類の入った小さな小物箱。テーブル前には靴箱（アパートのもの）。その上には薬箱とでかいインスタントコーヒーの瓶とトースター。テーブルの上にはワープロ、文庫本数冊、週刊誌、籠に入った食パンとバナナ、老眼鏡にボールペン、紙、新聞等が散乱している。

窓のレースのカーテンにはカレンダーが引っかけてある。窓の外では「じゃあねぇー」と、終業式が終わったらしい小学生たちが道を騒がしく帰っていく。明日からは夏休みだ。

俺の座っている後ろには桐箪笥。洗濯機もこの部屋にある。その後ろに押入れがあり、表具屋が持ち帰ったまま、まだ襖が返ってこない。もうしっちゃかめっちゃかで病体にムチ打って生活している。

なんで独り者なのにこんなに荷物があるか。それは、ほとんどが、病気で寝たきりのお袋の物なのだ。
今日も工事屋がやってこない。もう十一時を回った。何にも連絡がなく動きが取れない。確か今日は、サッシの交換をする、と以前、監督が言っていた。
三十度になった。扇風機を回すといつもより涼しい風が送られてくる。大体俺は午前中に前日の出来事をワープロに打ち込む。温めで薄めのインスタントコーヒーを啜りながら……。

コーヒーの温度が気になる夏の朝

やってこなかった。監督の姿は午後五時頃アパートの外に見えていたが、やはり俺の部屋にはこなかった。仕方なくたまっていた洗濯物を洗濯するために、四畳半に置いてあった洗濯機を再び台所に持ち出して下着類などを洗濯することにした。

洗濯や回るパンツがあさがお風

＊　＊　＊

静かなりヒヨドリ声か午前五時

今日も早朝より目が覚めた。祝日のため静かだ。

起き抜けに下着姿でゴミを出した。以前だったら考えられない姿だ。肌をこんなにも露出して生活したことがないのだ。それくらい俺の乾癬が今は改善している。

早朝でも貧血がさほどなく躰にフラツキがあまりない。

暖かいからなのか、それとも病気たちがいい方向に向かっているのか?……でも、これが俺のバイオリズムなのだ。大体、毎年この時期は体調がいい。俺は昔から夏バテはしないほうだった。北国の生まれだが夏男なのだ。

夏男競泳パンツの日焼あと

というくらいガキの頃に、シマシマパンツの模様跡が日焼けで浮き上がるほどに泳いだもんだ。

今日は「海の日」という休日らしい。俺はいつも休日だ。

海の日やすることもなく夏男

＊　＊　＊

朝からギンギンの太陽だ。

何種類かの鳥たちは元気に鳴いている。

いつもどおりにガランとした台所で麦茶を作り、台所の窓を開けると資材置場になっていた駐車場には赤トラの野良猫が寝そべっているのが見える。最近は白黒ツートンの猫が見あたらなくなった。駐車場になって、もう二カ月になるが、十数台のスペースに一台だけ契約があるようで、車が一台ポツンと駐車してある。

さすがに暑さが続き、多少躰がだるい（いまに始まったことではないが）。食欲もない？（実は食うもんがない）。コーヒーに牛乳、バナナで朝食とす。薬はもちろん飲む。

何かさっぱりした物が食いたい……動きたくないけど……動かなきゃ動く源が……。

かったるい西瓜トマトに茄子胡瓜
　食ってみたいや味噌塩つけて

猛烈に暑い！　部屋の桐箪笥にぶら下がっている温度計が摂氏三十四・五度を示している。今年はまだ蝉の声を聞いていない。数年前が猛暑だと、その影響で蝉の繁殖が抑えられてしまうそうだ。蝉の声の聞こえない夏も恐い気がする。俺はもう鳴けない蝉のような生活をしている。

今日は大暑。うまい具合に暦どおりだ。扇風機を回しているが、あまり涼しさを感じない。

俺の部屋は東南の角部屋であるため午前中は日差しがまともに当たり、非常に部屋の温度が上昇する。

午後のほうが意外と涼しい。

工事した部屋には新しいエアコンがついてはいるが、俺はほとんど日中はリモコンに手を触れることはない。

俺の躰は汗をかけなくなっている。だから暑い日でもなるべく自然にして、水を飲んで大いに汗をかくように心がけている。

隣の家のチビ犬も暑いせいか、来る人来る人に吠えまくっている。吠えりゃもっと暑くなるだろうに、そこが動物のあさはかなところだ。

工事屋からは今日も何の連絡もない。もう十時を過ぎた。俺がいくら暇だからといって、些《いささ》か無神経な会社だ。一発びしっと言ってやらなくてはと思ったりなんかしている、が、暑いので言わないだろう。暑い最中に工事をしてくれるのだ。病人はジッと我慢の子である。

大暑なり首をふるふる扇風機
この暑さ蝉さえ鳴かぬ恐さかな
犬騒ぐ暑さものかは毛皮着て
工事屋も暑さ凌ぐか今日も来ず
暇人や原稿書く手が納豆汗
四畳半横にもなれず夏の虫

こんな暑い日、昔は、何を食っていたかと考えていた。

幼い頃を思い出した。家の近所にある井戸で冷たい湧水をやかんに汲んできて、塩ジャケをごはんの上にのせ、そしてその冷たい湧水をかけて食うのが普通だった。しかし俺は違った。

お袋の作る味噌樽の味噌に漬け込んでいた大根が、俺は好きだった。お袋は味噌はあまり好きでなかったようだが……そいつは味噌大根と言った。確か人参も漬け込んでいたように記憶している。長く漬けておくと大根が柔らかくなるのだ。そいつをごはんにのせて冷たい湧水を注いで食らう。味噌デャゴ（味噌大根）は茶碗メシ三杯はゆうにいけた。

それからお袋が作ってくれた冷やし汁。これは胡瓜をきざみシソの葉（青ジソではなく田舎では紫のシソが一般的。梅干も梅を半分にしたものを干してそれにその紫のシソを巻く、これを田舎では梅干と言う）を刻んで冷えた味噌汁に入れたものだ。これでまた茶碗二杯は食うことができた。

味噌大根涼し懐かし夏のメシ

＊　＊　＊

室温三十五度。おそらく外は今年一番の暑さになっただろう。ポンコツが暑さでかわいそうだ。今日は通院の日だ。窓を開けはなってやった。熱風がドアを開けた途端、俺の頬に伝わった。

ポンコツやうだる炎天日傘なく

炎天下、うだる暑さの中を蒸し風呂のようなポンコツでクリニックの駐車場に着いた。すずしいクリニック内に入っていつものように辺りを見渡し、長いすに腰かけた。

廊下の長椅子でちょっくら待って十五分、井口さんが診察を終えて廊下に出てきた。

「おっ、来てたのかよ。俺、知り合いに会いに上に行ってくるよ」

と、入院病棟にエレベーターで向かった。間もなくしてエレベーターじゃなく玄関近くの階段を下りて、また俺の所にやってきた。

「知り合いがいなかったよ。亀ちゃんが名前を間違えたな?」

と言って、わざわざ他人が診察している診察室にまた入っていった。まったくもう、の井口さんである。Ｄｒ.だから何も言わないものを。

今日は診察が早い。クリニックに来て三十分もしないうちに俺の診察が始まった。

「まいど、こんちは」

「どうもー。どう工事は？」

躰より、生活状況を先に聞く医者はＤｒ．ぐらいなものだ。多少、俺と話すことを楽しみにしているようだ。

「まだやってんのよ。一部屋終わったけど、あとは全然だよ。いつやるんだか……クーラーは入ったからいいけどさ。乾癬はいいよ。今頃は一番いい気候なんだよ。乾癬には」

珍しい俺の半袖姿を見ても何も言わなかった。言わないというより、そのことに触れないようにしたのだ。

「暑くて汗もかくしね」

「あっちーから体調は絶好調だよ。血尿も全然なし。俺んとこは三十五度もあったよ、今日は……俺は日中はクーラーは使わないから」

「そうだよね、皮膚が乾くもんね」

それだけではない。クーラーで冷えるとあちこち強ばったり痛みが出る。

「俺んとこは亜熱帯だよ。部屋中うだってるよ」

（いくらなんでもそれはまずいんじゃないの？）と、思ったか、Ｄｒ．はニヤニヤしながら俺がめくった下目蓋《したまぶた》を診た。何も言わなかった。多少はいい状態だろう。

「血便は？」

いつもこれだけは忘れないＤｒ．である。

「血尿は多少出てるだろうけど目にはあまり見えないし、血便もなし……薬はサンデイちゃん（免疫抑制剤）を入れて今までどおりで」

「サンデイは切れた？」

「ちょうど終わり。プレドニ（ステロイド）は割ったやつでなく、二・五ミリのやつはないの？　薬局で薬の錠剤を割るのは面倒なんだよ」

「いいんだよ、そんなこと気ぃ遣わなくて……仕事なんだから……」

「じゃ、いっか、それで」

Ｄｒ．はカルテをパタンと閉じた（なにをそんなに急いでいるのだろうか？　もしかして今日は診察後に新しい先生の歓迎会でもあるのかな？）。

と思って、俺は丸椅子から立ち上がった。

「じゃ、二週間後に」

今日は雑談もあまりなく、薬の話に終始し、ものの数分で終わった。今までで一番早い診察だったような気がした。どういうわけか知らないが、ほかの先生たちの診察が早すぎるのか、患者が会計で渋滞（?）していた。診察よりこっちのほうが待つことになった。

「かねださん、今日はお会計はありません」

「えっ……あっ、儲かっちゃった」

と言い、少しは笑っただろう受付嬢の顔も見ないで、

「どうも、お世話様」

と、処方箋に目をやりながらクリニックをあとにした。

これといった診察の指示もなく、Ｄｒ.は支払いのないようにカルテを書いたのだ。さっきは薬のことで「気を遣うことないよ、薬局は仕事なんだから」と言ったＤｒ.は俺のことで気を遣っていた。

（クビになるぞ、診察費をとらなくちゃ）と思い、薬局に向かった。

歩道で井口さんに声をかけられた。

「おう、早かったね」

と、薬局から出た、いつもの電動機付き自転車に乗った井口さんは言った。

「うん、今日はね……薬がいっぱいだねぇ」

井口さんのチャリンコの籠にはたくさんの薬が入っていた。

「ああ、これぇ。注射針よ。インスリン打つヤツ」

「ああ、あれね。気をつけて帰ってよ」

と、道路を渡ろうとした井口さんの背中を叩いて見送った。帰宅を急ぐ自動車騒音のざわめきの薄暮の空から、蝉の声が微かに聞こえていた。

篭の中インスリンに注射針
**　　脱脂綿は買っただろうか？**
油蝉いいえあの声蜩の
蜩にまだ早かりし夏最中

＊　　＊　　＊

今日は昨日よりさらに暑い日だ。まだ扇風機でがんばっている。温度計が三十六度になろうとしている。一段と扇風機の回転を強くしたが、俺の体温とさほど変わらない暖かい風を送ってくれる。

暑いせいか、それとも夏休みなのか、一つの部屋も完成しないまま今日も工事屋が来ない。

「病人だからって、なめとんのか！」

と、言いたいが、暑いので頭を冷やすためにシャワーを浴びることにした。クーラーを点ければいいだろうと思うだろう。点けないところが俺の難病さかげんを物語っている。

舐めずともしょっぱい味の我が苦悩

＊　＊　＊

今日俺は、ある人の書き物を読んでいる。

それは、正岡子規の「病める枕辺に巻紙状袋など入れたる箱あり」と書いてある『墨汁一滴』と、「余は性来臆病なので鉄砲を持つことなどは大嫌いであった」と書いてある『病牀六尺』という古い書物だ。

どうしたことか、俺は今なんで正岡なのか……それは以前、俺の原稿を読んだ人が、俺の詠んだ俳句がこの人の書いた物語に「通底している」と、言ったからだ。俺は初めてその時に正岡子規の俳句を知った。正岡子規は病気になって次のように詠んだそうだ。

痰一斗へちまの水も間に合はず

をとゝひのへちまの水も取らざりき

俺としては、あとの俳句が好きだ。

好きだと言っちゃなんだが……土壇場の諦めが滲んでいるような気がする。そして俺はこう詠んだ。

五月晴れ皮膚の鱗が剥がれ落ち

ジタバタとしても病のおもうつぼ

これが俺が病気をして詠んだ俳句である。

病気は、正岡子規は肺病だと句を読めばわかるが、俺の病気はこの句だけ読んでも、どんな病気か理解に苦しむだろう。アトピーかな？　と、知らない人は思うかもしれないが、アトピーでは皮膚は剥がれ落ちることはない。

そして正岡と違い、俺はこの病気で死ぬことはない。まあ、精神に異常を来して……というこ とはあるかもしれないが……正岡は、痰一斗～、を詠んだ数日後に亡くなったようだ。

俺が正岡子規を知って九カ月、今、ようやくこの作家の書いた本に古本屋で巡り合えた。明治時代の作家ということさえ知らなかった。彼は慶応三年（一八六七年）に幕末の四国、松山で生まれている。そして十数年の闘病の末、肺の病で明治三十五年（一九〇二年）、約百年前の九月十九日に三十五歳で闘病作家生活に終止符を打った。もし、俺がこの正岡の時代に病気になったとしたら、医学も進んでおらず、俺はこんな歳まで生きていなかっただろう。そうでもないかな？　俺は公害、薬害が影響しているようなので、昔だったら病気になっていなかったかもしれない。

俺は中学の社会の教科書か何かで正岡子規の名前だけは知っていた。俺はまったく文学に興味がない人生を送っていた。でも、正岡子規という作家は十代の頃より詩、俳句などを書いたようだ。俺はといえば、十代の頃には本などは学校で読むもの、家で見るものはマンガ本だった。そんな男の書き物が、こんな偉い人の書き物に似ているとは恐れ多い。

でも、病気をして家に閉じこもりがちになれば、おのずとこのような書き物になるのではないのだろうかと、この正岡子規の書き物を読んで感じている。でも、正岡さんはいいよ。看病してくれる家族もいたし知人もたくさんいたようだし……。

愚痴りつつして辿り着く俳句かな

＊　＊　＊

光化学スモッグ注意報が発令された。俺は今日、坊主頭にした。もちろん自分で刈った。バリカンで、それも電動じゃなく自分の手でだ。俺は散髪も二十年来、床屋にはほとんど行かず自分でやっていた。乾癬が頭皮にも発症しており、汚さと惨めさのために床屋を避けていた。

今では乾癬は頭にはないが、最近は強直性脊椎炎があり、また床屋が縁遠くなった。

病あり散髪の腕巧くなり

*
*
*

今年初めてアパートで蝉の鳴き声を聴く。ミンミン蝉だろうか。今日はどこかで摂氏四十度になったそうだ。その猛暑を逃れるかのように、今、午後七時ちょっと前にようやく蝉が鳴き出した。

ミンミンとゆったり鳴くや夏の暮れ
蝉達も暑さに負けて夕涼み
暑すぎて七日の生命なお縮む
蝉達やいつまで鳴くや暑苦し
夕闇に蜩の声聴きたかり

「土用丑の日」、だってよ。工事屋が今日も来ない。
今日は昨日のような、猛烈強烈、頭が焦げちまいそうな暑い日ではない。扇風機もエアコンもひと休みだ。

涼しい北風が、工事のために片づけておいたガランとした台所を素通りして、俺のいる四畳半に流れてくる。

どこか北の方で雨でも降っているのか……でも、朝の天気予報では、今日も三十四度ぐらいにはなると言っていた。

土用丑の日だからといって鰻を食うことはしない。

常日頃から俺は蕎麦に鰻をそえて食している。蕎麦は貧血にいい。鰻もいい。俺みたいな年中栄養失調、アル中状態みたいな躰の持ち主には案外イケて、普段、楽に作れる昼食である。

でも今日は、蕎麦はあるが鰻を買うのを忘れていた。仕方なく惣菜のレバニラにところてんという、妙な取り合わせで昼食とした。

因《ちなみ》にネギは入れるが、山椒は入れないほうがいいだろう。

ところてんレバニラ食らう丑の日か

＊　＊　＊

本日、久しぶりに涼しい朝だ。昨日、午後三時頃より雨が降ったり止んだりして今朝を迎えた。急激に温度が下がったせいか、この程度で血尿に溶血が臭いにおいを伴って出てしまった。

午前八時が迫ってきた。今日は果たして来るか……昨夜、いつも来る新聞店のにいちゃんが集金に来て、

「どうすか、工事終わりました?……工事の人、外にいましたよ」

と、ガランとした台所を見て言っていた。おそらく監督だっただろう。以前、二階の住人の部屋の鍵を直してくれないかと、言われていたようだ。

「うちはほったらかしよ。もう工事が始まってから三週間にもなるよ。奥の部屋はクーラーはついて、サッシを残して大体終わったけど。こっちの台所はいつやるんだか、まったく困ったもんだよ。このくそ暑いときにさぁ、疲れるよ。いつ来るかゆっくり寝てもいられないし……」

と、俺は真っ黒に日焼けして、腕がにわか雨に濡れた、一生懸命に働いているおにいちゃんに愚痴った。

「しょ〜がないすね。暑いので気ぃつけてくださいね」

と、反対に躰を気遣ってくれていた彼のことを思い出した。

にわか雨日焼けの腕のしずくかな
気ぃつけて驟雨が残る夕べかな

* * *

「ピーンポンパンポ〜ン」

今、町の午前八時を知らせるチャイムが鳴った。

今日も来ないのかな?……。

九時。

「ピポッ」

俺の部屋のチャイムが鳴った。

「どうぞー」

「おはようございまーす」

久しぶりに監督がやってきた。

「これ、こんどのドアの鍵です」

ドアも新しくなり、鍵が替わるそうだ。

「どうしました？　早く工事してよ」

「すみません。他の住人が協力してくれなくて……」

髭面を、しかめっ面にして、きまり悪そうに言った。

一軒だけじゃ段取りが悪そうだ。

「俺。もう一週間も前から台所を空けておいたのに」

「おたくだけよ、そう言ってくれるのは。他はなんだかんだ言って駄目なんすよ」

「まぁ俺は、一人もんで暇だからね」

「明日からガスと水道を止めて始めますから、すみませんがよろしく。風呂のほうは使えます」

と帰っていった。他の住人はいろいろありそうで、うまく工事の調整ができないようだ。

今年は猛暑続きなので部屋を工事させない住人がいるのだろう。

監督の苦悩が滲む猛暑かな
我がままに気持ちをさせる猛暑かな
病でもいつでもどうぞ工事待つ
病気無く俺も生きたい我がままに
夕涼み嬉し元気な蝉の声

＊　＊　＊

午前八時。

「ピポッ」と、情けなくチャイムが鳴り、のんびりした先日の大工さんがやってきた。

「おはようーす。また来ました」

「もう俺の部屋は忘れたかと思ったよ。先週から台所を片して待ってたんだよ」

「アハハ、いろいろあってね……よっしゃー、早速、ストッパーを使うか」

と、大工さんがこさえたドアのストッパーを差し込み、工事道具の持ち込みが始まった。

「俺さぁ、病院に行ってくるから部屋を空けるよ。いないほうが車も止められるし、作業も気を遣わないでいいでしょ」

「うん、でも車は空いてるとこに止めるから……」

実は病院ではなく、こっちが気を使い、部屋を空けることにした。今日は一番大変な作業をするからだ。

まもなく他の作業員もやってきた。

「ここに車止めていいよ。俺、夕方に帰ってくるから」

と言って、本を持ちポンコツ車に乗ってアパートを出た。

静かな公園の木の下にポンコツを止めた。今日は一日ここで過ごすことになる。知り合いもなく、侘しい疎開気分だ。今日は台風六号の影響で、ここ数日の猛烈な暑さはどこへやら、といった涼しさだ。

涼しいせいかウォーキングやジョギングをしている人が多い。まぁ、多いかどうか、ここにも最近はあまり来ないのでわからないが、まだ今より動ける頃は、よくここの池で釣りをしたものだ。

持ってきた本を開き、車のラジオをつけ、運転席を倒して読書タイムが始まった。

（蚊が多いかな）と思って窓を開けるのをためらっていたが、開けると、蚊は一匹も車内に飛び込んでこずに、かわりに先日の強い雨に洗われた青葉を揺らして、爽やかな風が車内に吹き込んできた。

癒される青葉の風に涼しさに
思い出すウキを見つめた過ぎ去り日
酸欠か水面ひろがる鯉の口
草亀や日向はいずこ首もたげ
正岡の病床の書を読みにけり
我が病床はポンコツの席

昼になり、昼食を取るためと、お袋の病院に行くために公園をあとにした。病院では、病人とは思えない顔で、お袋はスヤスヤと眠っていた。ほかの患者は、ほとんど喉に穴を開け、チューブを入れた状態で寝ている。ほんとに俺のお袋は重症なのか、と思ってしまう。

「このまま痛みを感じないで眠るように逝ってくれたらね。俺は痛いのが嫌だから……」

と、顔馴染みのちょっと太めの看護婦に言った。看護婦は何も言わなかった。(様々な家庭事情があるでしょう)と、思っているのだ。お袋は眼を開けても何の表情も無かった。俺は寂しく病室をあとにした。

スーパーで弁当や明日のパンと牛乳、その他を買い込み、スーパーの駐車場で弁当を食い、また公園に戻った。昼休みなのか車が数台止まっていた。空いているところにポンコツを止め、ちょっと昼寝としゃれ込んだ。

昼飯が遅かったせいか、それとも疲れが出たせいか、目が覚めたら四時であった。また本を読みだして、日暮れとともにアパートに戻った。

「遅かったね、混んでた?」

と、俺が病院に行ってたと思っていたのか、あの大工さんが俺に声をかけた。

アパートではまだ作業をしていた。「さぁ、帰るべ」と、訛《なま》りのキツイ大工の頭《かしら》が作業を止めた。

掃除をして大工たちが帰ったのは午後七時を回っていた。

部屋の明かりを点けて、テレビのコードをコンセントに差し込むと、オールスター後の最初の巨人—ヤクルト戦が中継されていた。元木選手の満塁ホームランで神宮球場が沸き立っていた。俺は弁当と一緒に買っておいたタレを注ぐだけで食せるうどんを、その野球中継を観ながら晩飯とした。

（ああ、しんどい疎開だった。もう明日は外には出ないぞ）と思い、巨人―ヤクルト戦も最後まで観ず、薬を流し込み、扇風機を弱にして蒲団に横になった。

ナイターをうどんをすすり観戦し
そしてマズイと嘆く疎開日

＊　＊　＊

午前六時、今日はいつもより遅く起きた。

意外にも昨日の影響がなく、躰に異状はない。

昨日はいつもよりプレドニ（ステロイド）を多めに飲んで寝た。それにビタミン剤も多めに……。

溶血は少し出たが、そんなにだるさはない。

朝食も終わって静かな土曜日。八時になったが、今日は夏休みで小学生たちも通らない。「おはようーす」と、いつものののんびりした大工さんが早めに顔を出した。今日はサッシ屋もやってきた。

「サッシの出来上がりが遅くなって……」

予定では一週間も前に取りつけが完了するはずだった。

俺のところは角部屋のため、アパートの他の部屋より窓数が多いのだ。でも聞けば、俺のところがサッシは最後になったようだ。部屋の中の改修は俺のところが一番進んでいるようだけど……サッシ交換は午後二時には終わった。

台所では大工たちが鼻歌を歌ったり、雑談をしたりして工事の音とともに賑やかに作業を続けている。

「あの廃材処理のオヤジはいつもブツクサ言ってみんなに嫌われてんだと……みろ、また忘れていった。これだかんなぁー」

と、俺に原稿ネタにされているとも知らずに……。

大工たちは、十時とか三時には必ずと言っていいほど一服する。これが唯一の楽しみなのだ。それと雑談。

「お茶するべ、コーヒーでも買ってこいよ」

と、三時になり、東北訛りの強い頭が言ったようだ。

俺はサッシの入れ替わった奥の六畳間で、それら工事の音や世間話を聞いてワープロを打ったりして楽しく(?)過ごしている。

「この前、ずっと向こうまでコーヒーを買いに行ったよ」

「なに？　すぐそこに自動販売機があるべ」

と、大工の誰かが言った。いま工事をしている台所の北側の窓から自動販売機が見えるのだ。歩いて一分とかからないだろう。大体、日本の都会では百メートルも歩けば一つは自動販売機にぶち当たる。

午後五時になり、俺は横になっていた床を離れた。

工事中の台所に行き、

「あーあ、よく寝た。小便など、たらしていいのかな?」

と、多少冗談を言い、

「ん?　たらしていいよ」

と言われて、新しいトイレのドアに触ろうとしてハタと気がついた。

「このドアノブの鍵は反対だよね」

新しくつけ替えたドアノブのノブが反対に取りつけてあり、外に鍵がかかるようについていた。

「どらどら、これじゃあ女の子が入って、中で鍵がかけられないべよ」

と、大工も言った。

「俺んとこには女の子は来ないからこれでもいいけどね。でも、間違って鍵がかかったら中で死んじゃうよね」

「そうだよ、言っておくから。サッシ屋かな、監督のほうか?」

と、また大工が言った。俺は小便をすまして奥の部屋に戻り、ガムテープに、「鍵、逆?」と記して新しいトイレのドアに貼った。

台所を見れば、ほとんど大工仕事が終わっていた。あとは細かいところと流し台の取りつけのようだ。

「今日、大体終わらせないと」

と、がんばっていた。予定では今日で大工仕事は終わることになっているようだ。

「この人は岩手の出身だってさ」

と、いつもの大工が俺のことを言った。

「岩手のどこ?」

三人いるもう一人の大工が聞いた。

「俺も岩手なんだよ。頭は三戸《さんのへ》なんだよ」

「じゃ、俺の隣町だよ。三戸は青森県だよ」

一番キツイ訛りの頭は三戸の生まれのようだ。

「北の生まれに悪い人はいないから……ねぇ宮崎の人」

と、俺が言った。宮崎生まれの、のんびりとした大工はニヤニヤと作業しながらのんびりと笑っていた。

俺岩手俺も岩手さ東北訛り
三戸や訛り懐かし隣町
出稼ぎもあと少しかな盆が来る

午後七時半過ぎに大工さんたちの仕事が終わり、

「じゃあ、どうもー」

と、帰っていった。風呂兼トイレのノブも直してくれたようだ。玄関のドアも防音にするために替えられていた。使い慣れない閉め方のドアで、またここでもひともんちゃく起きた。

静かになった部屋にどこからか盆踊りの太鼓が響いてきた。そういえば自治会で盆踊り大会があると、おみやげの抽選券が班長さんから届いていた。

部屋の外祭囃子が遠い空
カナカナと蜩も鳴く夏の宵
床に就きまだ太鼓聴く炭坑節

今までの猛暑はどこへやら。今日は参院選の投票日だ。

「なんてったって小泉」とか、「保守ピタル」のおばさんとか、「そうは、い神崎」のおじさんとか、それらが応援したり、得票数を増やすためのタレントなどとかが多数参戦する野党とか、前代未聞のふざけた選挙の投票日だ。俺は病気になってから一度も投票には行ってないので、選挙を批判するつもりはないが、つい言ってしまった。

ガスが使えないので今日もコンビニ弁当だ。

まぁ、一人もんだからどうってことないが……選挙に行ったら、弁当にお茶つきだったりして……俺こそふざけた野郎だ。でも、間違っても薬をくれることはない。

蝉鳴かず涼しき今日は投票日

＊　　＊　　＊

ワープロを打っているときに兄が来た。

「おういるかぁー」

「おう……」

「おっ、どうした？　ガランとして……」

玄関を入った兄は、台所を見渡して言った。

「ああ、いま防音工事だよ。もうすぐ終わるよ。あとはクロス貼りと流しのステンレス張りで、二、三日かな」

「車にも荷物が入ってたからさ、どうしたのかと思ったよ」

「あっつい時期にさぁ、大変だよ」

「クーラーもつくんだろ?」

「うん……台所にもな」

「何か必要なものはないか?」

いつも来ると、この言葉を言う。

「別にないなぁ。貰っても、今、自炊ができないからなぁ……俺は毎日コンビニ通いよ」

「ハハハ、じゃ……昨日お袋のとこに行ってきたよ。紫斑が首に出てきたなぁ……」

「体が弱ってるからなぁ」

「じゃ……レバーが動かないなぁ」

「ああそれ、ドア閉めないとレバーが動かないんだよ」

昨日も大工たちが帰り際にひともんちゃくやらかしたのを思い出した。

「なんだぁ、そうかよ」

納得したところで、薄緑の半袖シャツの腹が出て、少し太ったような髭の濃い兄貴が帰っていった。

義姉と、すぐそこの路上八百屋に来たついでに田舎から送られてきた蕎麦を届けに寄ったようだ。まぁ、それだけでもないと思うが……。

ガランとしおや？トンズラかと思ったか
そんな気もない元気さえない

こんなにもドタバタした夏、俺はまだ元気（？）だ。

洗濯機をまたガランとした台所に出して、たまっていたパンツなどを洗濯した。

今日の温度は二十七度。でも、扇風機が回っている。

湿度が高いのか蒸し暑い。俺は、特発性血小板減少性紫斑病が治ったような気がしてきた。

猛烈な暑さでも、動き回っても、さほど辛さを感じなくなった。しかし、他は穏やかではなくなってきた。乾癬は、もう半袖が恥ずかしくなるような皮膚に変わりつつある。もう一つの強直性脊椎炎は相変わらず首に違和感を与えている。この病気に似た「脊椎靱帯骨化症」という病気も難病だ。

この病気は全国に約五、六万の患者がいるという、珍しい難病だ。この病気は国の特定疾患である。そのうち、認定を受けているのは二万弱だそうだ。この病気は神経も圧迫する。俺は手足はしびれがないのでこの病気ではないようだ。でも、もう首、背骨が自由に動くことはない。眼もこれの影響か左と右の焦点がずれているようだ。

なんだか俺の病気も、この脊椎靭帯骨化症のような気がしてきた。俺の病気も難病ではあるが、国の特定疾患にはならないようだ。これにもなったら、俺は二つも特定疾患を持つことになる。

もう一つ特定疾患もどきかな
もどきではない同じ篭の鳥

＊　＊　＊

今日は昨日より暑い月曜日。小学校も休みで世間も夏休みが多いのか、いつもの外のざわめきが普段より少なく感じる。

のんびりと九時頃より部屋の改修が始まった。

小柄な塗装職人がペンキだらけの作業服で、出窓の出っぱりにクリヤラッカーを塗装している。三度塗るそうだ。もう二回塗ってどこかに消えた。よその部屋との掛け持ちでもしているのか？　シンナーの匂いが立ち込めるので、部屋中の窓を開け放ってやった。

隣の住人は、外にいる作業員たちの声で目が覚めたのか、いま起きたようで音がしている。

彼はフリーターなのか、仕事に出かける時間がまちまちである。もう十一時になる。

塗装屋が戻ってきて脚立にのぼり、カラコロとペンキの入った缶をならして作業が始まった。出窓のラッカー塗りはまだ三度目の塗りには入っていない。

壁の縁の止め木を塗っているのか、脚立をガタゴトと移動しながら天井の縁を塗っているようだ。シンナーの匂いが鼻をつくのか「ふう」だとか「んん」だとか咳払いともつかぬ息つぎをしながら塗っている。（毎日シンナーを吸っていたら躰を壊さないのかなぁ）と思いながら、先日、古本屋で百円で買った、椎名誠が書いた文庫本『菜の花物語』を読んでいる。

ザァーザァーと出窓の出っぱりにサンドペーパーをかけて、また作業員が部屋の外に出ていった。もう昼飯か？　と時計を見たら十一時五十五分だった。

作業員がまた戻ってきて、また「ふうー」とため息をついて、出っ張りを塗りだしたような影が、俺のいる部屋と台所を仕切っている戸の曇りガラスに映っている。

おそらく、昼までに仕上げるようにと、監督にでも言われているのだ。

「しつれいします」と、俺のいる部屋を通り過ぎ、奥の部屋の出窓にいって、同じように「ふう」とため息をつき、サンドペーパーをかけて仕上げのラッカーを塗った。そして、また台所に戻っていった。

カシャラカシャラと、今度は巻尺の音をたてながら違う作業をしている。そして「終わりましたので失礼します」と、俺に声をかけて帰っていった。昼飯前に急いで仕上げてくれたのだな、と思い、俺は読んでいた文庫本を置き、マグカップに残っていたコーヒーを、蝉の声を聴きながら飲み干した。

下請けは辛い切ない夏の蝉

文庫本を読みふけっていたら、二時過ぎに、

「こんにちは、ステンレス屋です。寸法を取りに来ました」

と、髭を生やした年配の職人がやってきた。流しに取りつけるステンレスの寸法を測るようだ。

「どうも、ごくろうさまです」

今日は様々な業者が来るだろうと、玄関に先日大工さんにこさえてもらったストッパーをドアに挟んで、ドアを開けっぱなしてある。そのドアの入り口に職人の息子だろうか、それとも見習いだろうか、若い青年が職人の作業を立ったまま見ている。

「ここが変則なんだよね、だいじょうぶ?」

「でも、図面が平らになってますから」

「以前はそこのヘコミは通気口があったんですよ。今は塞がれていますけど」

よけいなことを言ったかな、と思った。

「どうもー」と職人が帰っていった。次はどんな職人が来るだろうかと思いを巡らし、ときおり、別の工事現場の部屋から流れてくる工事の音を聞きながら再び文庫本を読み始めた。

午後五時になり、ゆっくりと読んでいた文庫本が、病気になった作家のために息子が素麺を茹でようとして落としたボールの音を聞いて笑うという仄々《ほのぼの》とした語りで終わった。

それから誰も来なかった。

俺は(今日はもう工事はないな)と思い、挟んであったドアのストッパーをはずしてドアを閉めた。まだ別の部屋では工事が行われているようで、ドアの隙間からはトンカチの音が聞こえていた。

陽は高いもう少し打つ鎚の音

＊　　＊　　＊

来ない、と思ってシャワーを浴びてコンビニで買ってきた冷やし中華とおにぎりを食おうと思ったら、コンコンとドアを叩く音がした。玄関チャイムも工事のために外されているのだ。

「すみません、明日はクロスを貼りますのでよろしく」

と、監督がやってきた。

「あのさぁ、ステンレスを平らに張るの？」

と、さっき来たステンレスの職人の作業状況を教えた。

「いえ、図面どおりに」

図面がステンレス屋のと違うらしい。監督は職人に電話をして呼び戻すようだ。間もなく職人も来てあれこれ問答をしていた。するとその職人が、

「この用紙を貰っていいですか」

と、台所に設置してある、使うことのないＦＡＸ電話の用紙を指さした。

「どうぞ、好きなだけ……」

俺は成りゆきを、参院選のニュースを見ながら聞いていた。

「お騒がせしました。すみませんでした」

と職人は、アパート前に止めてあった軽自動車で再び帰っていった。（作らないでおいてよかった。ステンレスがオシャカになるところだった）と、ステンレス職人は思ったか……。

＊　＊　＊

お預けに冷やし中華も太くなり

一夜明けて、「クロス屋です」と、業者がやってきた。作業が始まるようだ。電話機をはずし、「水がここにあるから」と、ユニットの、風呂兼トイレの部屋の中にある蛇口を教えた。先日、違うクロス屋が来て、作業に水を使用することを知っていたのだ。流しの水道とガスは止まっているが、この場所の水道と風呂のガスは使えるのだ。

「監督さんが、ピンクっぽいクロスにする、と言ってましたけど、それかな？　なんだかムラムラしそう」

「ハハハ、どうでしょう、まだ見てないんですよ」

と、穏やかそうなクロス貼りの青年が言った。

「ここは午前中、陽がガンガンで暑いから、扇風機を使って」

と、俺が朝から使っていた扇風機を出してやった。

「いいですよ、慣れてますから」

「でも、ここは陽差しが暑いよ。午前中陽が当たって。俺は奥でクーラー点けるから」

と言い、（俺だけクーラーじゃ悪いかな）と思いながらもクーラーを点けることにした。慣れているとはいえ今年はやたらと暑いのだ。おそらくこの部屋は三十度をゆうに超しているだろう。俺はまた奥の部屋に戻り、三十度に温度設定し、クーラーを点けた。

今日は昨日と同じく椎名誠の書いた『新橋烏森青春篇』を読むことにしている。水でインスタントコーヒーをいれて本を読みだした。この本も、著者の自伝的小説のようだ。青春時代のサラリーマンの頃を題材にしているようだ。

もしかするとこの頃に俺も新橋を走っていたかも……いや、多少ずれているかな……。

新橋の地名で思い出した。俺はその駅の裏のビルの工事現場に弁当を届けたことがある。

「お前んとこの弁当はまずいな」

と、言われたことを思い出した。反論することができないのが商売だ。

(うっせーよ。うまいもん食いたかったら五百円の弁当を注文しろよ。俺は本郷から遥々、たった三つの弁当のためにここまで配達してんだぜ、壊れかかったスーパーカブで)との怒りが小さい胸に充満していた。彼らは三百八十円の生味噌汁、ふりかけサービス付を食ってそんなことをホザいていたのだ。

商売は頭下げても湯気上がる

やってるやってる。

シュシュと糊を壁に塗っているのだろうか、そんな音がする。アパートの外では生ごみの回収車が、なにやら知らせを流しながら回収して回っている。

多分、今日のクロス貼りは時間がかかるだろう。お昼に終わることはない。奥の部屋よりちょっと作業がしづらい所がある。でもまだ昼まで時間がたっぷりとある。

クーラーを三十度に温度設定しても涼しい。ここんとこクーラーを使用したことがないから、クーラーが躰に利く。

昨夜はペンキに使われているシンナーが部屋に充満して臭いので、部屋の窓を開けて寝た。俺の部屋は一階で物騒だが中毒になるよりマシだろう。まぁ、くたばってもいいのだが……。

コンコン、「すいません」

と、職人が閉めていた戸を叩いた。

「はいはいっ」

俺は本を読むのをやめて戸を開けた。

「ちょっと、外で作業をしてきますので、また来ます」

と言って、扇風機を止めて部屋を出ていった。

壁の糊でも塗っていたのかと思って壁を見たら、壁の隙間などを埋めるパテを塗っていたようだ。おそらく車のほうでクロスでも切ってくるのだ。先日もそうだった。俺はクーラーを止めた。今、十時になった。

「失礼しまーす」とドアを開けてクロス職人が戻ってきた。カシャラカシャラと巻尺を使ってなにやら寸法を測りだした。もう十一時半だ。俺は文庫本をゆっくり読みながら、「まんじゅしゃげこわい」という第五章を読んでいた。

測り終わったようで職人はまた出ていった。

「な~んだ、やっぱり昼前に終わらなかった」

俺は本を読むのをやめることにした。メシなど買いに行かないと冷蔵庫が寂しそうだ。トイレに入ろうとしたら、なにやら黒いものが腹を出してひっくり返っていた。でかいゴキちゃんだ。どこから入ったのだろう。ユニットだからゴキブリの這い出る隙間がないのだが……多分、作業中に職人さんにつかまってここに入れられたのだ。（暑くてくたばったか、いや、足で踏んづけられたのかな）と思い、俺の排泄物とともに成仏させてやった。

ゴキブリも食う物もなく虫の息

餌をスーパーで買ってアパートに戻ると、一通の封書が郵便受けに入っていた。読めば、住民のＩＣカードを作りませんか、という役所からの知らせだった。いろんな情報を知ることができるそうだが、俺には必要のないものだ。

パソコンや携帯電話も必要のない生活、情報も要らない生活だ。そんなものを作っても使うことがない。でもよく読めば、タダのようだ。速やかに返信を出すことにする。

「ふう、あっちー」

作業は始まっていた。

「俺の車はクーラーが壊れてるから暑いよ」

クロス職人は扇風機もつけず脚立の上で頑張っていた。

四畳半に入り戸を閉めてクーラーを点けた。今買ってきたいなり寿司を野菜ジュースで流し込んだ。俺の場合は、カッコつけて流し込んだ、などと言ってはいるが、事実そうなのである。下の歯がほとんどなく、そういう表現になってしまうのだ。

さあ、いなりも食った（流し込んだ）。ふせてあった文庫本の百二十八ページからまた老眼鏡をかけて読み始めた。

文庫本の百三十六ページを読んでいるところでステンレス屋がやってきたようだ。戸で仕切られているので見えないが昨日の職人のようだ。

「いつから頼まれてんの、今日の今日じゃなあ」

と、クロス屋と話が始まった。

「よそでもやってたんですよ。頼まれれば断れないし」

「言われれば、寝ているより金になるしなぁー」

クロス屋は二十代ぐらいの青年だ。言葉遣いが若いのに柔らかい。それに比べて百戦錬磨とはいかないまでもステンレス職人はいかにも職人という風貌《ふうぼう》だった。今日も見習いらしき若者と作業しているようだ。指示を与えていた。

「平方、六百円ぐらいかぁ」

と、金切りバサミでステンレスを切りながら職人が言ったようだ。

「そんな、出ないっすよー」

クロス屋が言ったようだ。

「うっへー、そんじゃ、必死だなぁ」

職人同士、手当のことを話しているようだ。

数分して、トイレに行くために戸を開けた。

「こんちは。暑いのに大変ですねぇ」

「クロスやってるからね、かちあっちゃって作業がやりづらいよ」

やはり昨日のステンレス職人だった。

今では外ではあまり見かけないランニングシャツをダラッと着た六十前ぐらいの職人だ。クロス屋と違い、こちらはおいそれと一丁前になるのは大変だ。先日のクロス屋も青年だった。クロス貼りの青年はどこに行ったのか台所には見えなかった。

「まだちょっとクロス貼りが残っててさぁ」

と、自分たちがステンレスを張るところがまだクロスを貼り残していたらしい。

「暑いでしょ、扇風機を点けたら……」

と、俺が点けようとした。

「あっ、いいですよ」

と、三時の一服なのか見習いの青年がポットの麦茶らしき物をカップに注ぎ、玉の汗を流しているその職人に手渡した。

「じゃ、よろしく」

と、職人に言って、俺は再び奥の部屋に戻った。

俺は、それら職人たちの話を聞きながら本を読んで、さっきから考えていた。大会社に憧れて就職したりしないで、汗を流して仕事をする職人になればよかったと、そうすればこんな躰にならなかったのではと……。

病気して後のまつりか引きこもり

四時半、「終わりましたんでー」と部屋をきれいにしてクロス屋は帰っていった。なんだかんだいって一日仕事だった。おそらく別の部屋もかけ持ちだったのだろう。最後のほうは、どこから来たのか二人がかりでやっていた。

ステンレス職人はいつのまにか帰ったようだ。台所に行くと、淡いピンクの花模様をあしらった、食事が旨くなるよ、と監督が言ったとおりの、全体的に白っぽい、飯が旨く食えそうなクロスが台所の壁一面に貼ってあった。

俺は電話機を設置し直し、冷え切った奥の部屋の空気が逃げないようにと、たったいま作業の終わった暑い部屋の窓を全部閉めてまわった。

「さてと、今日は久しぶりに飯でも炊くか」

と、流しはまだ水道が使えないので、風呂場にある蛇口で米を研ぐことを考え、その部屋でシャワーを浴びた。

研ぐ米も二合にしよかもう少し

＊　＊　＊

本日からニッパチの一つ、八月だ。

巷では株がバブル以降、最低だと騒いでいる。防音工事は不景気に左右されないだろう。カーテンなども取っ払っているために夜明けとともに俺は起きる。鶏は近所にいないが俺は鶏のようだ。だらだらと時間を潰す、それこそ脳足りんのチキンと同じだ。

今日も午前四時半より起きている。

七時、もうすぐ部屋が暑くなる。太陽がまともに俺の部屋を直射するからだ。部屋はもう少しで三十度を超えそうだ。食事をして新聞を隅々まで読み、隅々といってもさほど俺には興味がある記事が少なく、三十分もすると読み終わる。なんでこんなに何事にも興味がないんだ？

……八時になり、登校を促すチャイムが、登校する小学生たちもいないのに、空しく暑い空に流れた。

通勤に向かう車たちも少なくなった。幼稚園も夏休みになっているようで、おしゃべりで母親似を想像させる女の子のおしゃまな声が聞こえない。

今日は電気屋とガス、水道屋が来るだろう。（いくら俺が暇だからといっても早く終わってくれよ。もう少しで一カ月になっちゃうぞ、俺が頼んだわけでもないのに）と思う今日この頃だ。

最近、座りっぱなしのために骨盤の周辺に神経痛が出始めている。今日も少し強めに薬を飲んだところだ。

九時前に、

「おはようございまーす。ガス工事していきまーす」

と、痩せた顔に眼鏡をかけ、工事会社の帽子だろうか、それを斜め四十五度にかぶったガス屋がやってきた。

「あっついねー、工事が長くて嫌んなっちゃうよ、もう一カ月になるよ」

「そんなになるの?」

と、言って外の車に戻り、パイプを削っているようだ。

そして、いつもの髭の監督と話しているようだ。開けっ放しの台所の窓から、工作の音とともに声が聞こえてくる。

またどこかに行ったようで外が静かになった。よその部屋も今日の工事予定のような会話が聞こえていた。

今度は俺の部屋にやってきて作業が始まった。「暑いねぇ」と言って監督もやってきた。暑いはずだ。長袖を無造作にまくり網のベストを着ている。それに髭もある。

「もうそろそろ終わりだね。一人もんでガス、水道は何とかなるけど、俺は病気持ちだから寝てられないのが……誰か来るといけないから……税金納めてないからやらなくてもいいと断ってもよかったんだけど、女の人が来たからさぁ」

「女の人だったから断れなかったんだろ」

と、ガス屋が冷やかした。

まぁそれもあるが、以前住んでいたアパートも同じ大家さんで断り難かった。そこは二階だった。その当時は病気がひどくて歩くのがやっとだった。

そのアパートの二階に上がる階段がきつく、それでこのアパートの一階に引っ越したのだ。病気でもなきゃわざわざ高い金払って引っ越しもしなかったが……。

「終わりました。これでガスは使えます」

と言って、レンジも取りつけて帰っていった。

さきほど監督が「水道も今日来ます」と言っていた。

九時半になり、俺は風呂場でやかんに水を入れて麦茶を作るために、今終わったばかりのガス栓を捻《ひね》った。そして数分後に、やかんの麦茶が溢れ出して俺はガスを止めた。その煮えたぎった麦茶を冷やすために風呂場の洗面台に置き、蛇口を捻り、水を出しっ放しにしてやかんの怒りを静めた。今度は今日一杯目のインスタントコーヒーを水で溶かし、牛乳を昨日買い忘れたので入れず、そのまま砂糖だけ入れて、それを飲んだ。

やかんでも暑かろうと冷やし水
胃袋やコーヒー苦さいかんせん

昨日速やかに出すと言った役所の返信を、遅ればせながら昼に出した。暇なのになぁー……。

来ねぇー。もう二時になった。さっき玄関の残っていたペンキを塗りに背の高い若いペンキ屋が五分ぐらいでペンキを塗って帰ったところだ。ほんとに水道屋が来るのだろうか。まあ仕事はここだけではないと思うが。

イライラついでに奥の部屋の箪笥などを少し元に戻した。まだ襖屋が来ていないのだ。おそらく部屋を仕切る戸と襖は一番最後になるだろう。もちろん押入れの襖も持ち帰ったまま戻ってきていない。電気屋もまだだ。台所の換気扇とクーラー取りつけが最後かな……と、考えていると隣の庭の蛙が雨を欲しそうに「ゲロゲロ」と鳴いた。

「こんちはー」

と、四時になり水道屋と監督が来た。空にはたまに飛行機が行き交う。

「まいったよ。かけ持ちしてるから忙しくて」

と、水道屋と話している。

「どうもー」

と、俺は戸を開けて工事している台所に入った。

「あっちこっち大変でしょ。この暑いとき」

「そうなんですよ」

「毎年工事があるの？　ここのアパートは去年の冬にも防音工事をやったけど」

「国の予算が取れる夏から三月までね」

防音工事は国の予算なので月日が決まっているようだ。

「夏は日が長いからいいけど、冬はね。ここは独身ばかりだから多少は楽ですよ……犬猫飼ってるねえちゃんがいてさ……」

「ほんと、やかましいよ。工事中には一日中鳴いてるよ」

「犬猫飼わないで、男でも飼えばいいのに……」

「新しくなってさ、もったいなくて台所で炊事なんかできないよ」

と雑談し、水道の水を出して点検をすると、

「今週中に工事が終わりそうですね」

「明日は電気屋が来ますので」

と、監督が言い、水道屋と帰っていった。

予算充て明日はあそこか防音工事
空にはうれしや蜻蛉《とんぼ》飛ぶ
※蜻蛉＝飛行機

＊　＊　＊

町の午前八時の登校チャイムが鳴り、数分して、コンコンと、玄関ドアを叩く音がした。

俺の部屋のチャイムはまだ取りつけられていないのだ。

「どうぞー」

「どうもー、クーラー取りつけに来ました……あっ、頭スッキリして……」

「ああ、これね。暑いからねぇー」

以前取りつけに来た電気屋さんだった。今日も黒いTシャツ姿でやってきた……日焼けして。

道具やら機器などを部屋に持ち込み、作業が始まった。八時五十分である。

「今日は隣がいないから、ガンガンやってね」

「そうすか、いないすか」

今日は穴開けの作業が多いはずだ。

ガガガガーッと、四畳半と台所の壁にエアコンのパイプなどを通す穴を開けた。

「今日は涼しいからいいよね」

俺は四畳半のワープロの前で言った。

「そうすね、いいすね、今日は」

あまり作業をじゃましてはなんだと思い、俺はワープロを打ち出した。

図面を確認しながらブツブツ言い、部品など取り揃えて組み込みが始まった。邪魔になりそうなすぐ横で俺はワープロを打っている。涼しい北風が台所にある開けっ放しの玄関を入り、俺の背中を撫でて四畳半から隣の六畳間に流れていった。そして、その風をものともしないで一機のジェット機がけたたましい騒音とともにアパートの上空を飛び去っていく。

「いやー静かだね、今日は」

ジェットが飛び去るとやけに静かになる。キーキーとかん高いヒヨドリの声がする。

「アハハ、ほんとすね。涼しいし」

「他は工事、やってないの？」

「クロス貼りだと静かですからね」

「しばらく連続でやってたから終わったかな、大工仕事は。今日はお昼ぐらいに終わりますか？」

「いや、終わんないす。換気扇もあるから」

「俺んとこはこれでほとんど終わりですよ。昨日はガス、水道もやったから。あとはドアの細かい取りつけだけ……あっ、チャイムやコンセントの取りつけは？」

「それは電気屋が別に来ます」

「それは別なんだ……」

「僕は電気屋といってもクーラー屋だから」

まあ、厳密に言うと最近ではエアコン屋か……。

「ふーん」と、俺は納得した。

十時近くになり監督がやってきた。

「ごくろうさん」

「あっ、どうも」

俺は六畳間でSF小説を読んでいた。

「どうかな？　２０７号室もできるかな」

「どうすかね……結構、面倒で」

「向こうの鍵はクロス屋に預けてあるから遅くなったら……」

「わかりました」

と、彼は返事をし、監督は帰っていった。

台所のエアコン取りつけに彼は悪戦苦闘していたが、ようやく終わった。

「しつれいしまーす」と、俺の後ろを通り、こんどはベランダでの室外機の取りつけだ。

「面倒のもとが終わりましたね」

「ちょっとみっともないですけどね」

「仕方ないでしょ、新築工事じゃないし」

取りつけたエアコンの水抜きはトイレに流れるように工事がされてあった。電気コードやホースなどはベランダから押入れなどを通り台所のエアコンまで繋がっていた。

俺はあまりの涼しさに半袖シャツの上にジャージの上着を着た。そしてインスタントコーヒーをいれた。

室内温度は二十六度であった。

「昔は室外機はマルチだったよね」

「あれは故障が多くて、最近はこれに替わってます」

昔はエアコン数基に室外機は一基だった。

突然、子機電話が鳴った。掃除屋からであった。

「昨日もかかってきたんだよ」

「よく調べてくるね。工事を知ってんだ」

と、彼が言った。

「どこで電話番号調べるんだろうね」

「自治会の住所からじゃない？　来たって掃除なんかするとこないのにさぁー、壁だって換気扇だって新しくなるのに……」

昼前にエアコンとトイレの換気口の工事は終わった。トイレ兼風呂場にも穴を開けて換気口がつけられた。まあ大変な国の出費である。

彼はよく働いた。一服もせず昼飯もお預けで、ぶっ続けに一時までやった。そこでいったん作業をやめて顔を洗って外に出ていった。俺はといえば工事音を聞き、テレビのニュースを見ながら弁当を食っていた。

彼は食事も二十分ぐらいで終わり、台所の換気扇と空調機を取りつけて二時半頃に知らぬ間に仕事を終えて帰ったようだ。まだエアコン屋がいるときに、電気屋がやってきて

「電気の配電盤をやりますので、いったん電気を止めます」と言われ、俺はワープロを切った。

作業が始まって、午後三時ちょうどにどういうわけかピンポーンと、部屋のチャイムの音まできれいに鳴るようになり、電気の工事が全部終了した。

アパートの外では、これから工事をするであろう部屋の犬がやかましく蝉に負けじと吠えまくっていた。

ジジジジと小きみいいかな油蝉

＊　＊　＊

「カアカア」と、今日は生ゴミの日ということを知っている烏《からす》たちだ。静かな朝にやかましい。今日は昨日にまして涼しい日だ。

(俺はろくなもんを食ってないからゴミは出ないぞ)と、心の中で烏たちに言いながらトーストに麦茶で朝食を取っている。八枚切りの薄いやつを二枚、それにピーナッツバターとオレンジマーマレードをつけて食した。もちろん仕上げには薬も忘れない。

さすがに連日工事が続き、些《いささ》か体調不良だ。夜は八時過ぎに寝ていても朝起きるのが辛くなった。あと少しの辛抱だ。玄関ドアの塗装と襖類を残すのみとなった。

昨日、あれからカーテンを洗濯した。真っ黒い洗濯の水が長い闘病生活を物語っていた。八時過ぎに順調に作業が始まった。玄関ドアの塗装だ。俺は四畳半の部屋でテレビを観て、ゆったりと椅子に踏ん反り返って躰を休めている。

今日も北風なのか、戸を閉めていても、南側の俺のいる部屋まで台所の塗装のシンナーのにおいが鼻をつく。シンナーのにおいを漂わせたまま作業は終わり、作業員は帰った。そういえば、最近はドラッグが蔓延《はびこ》り、シンナーを吸う若者など、まだいるのだろうか？いるだろうな。俺が最初に就職した会社の同期が、マンモス独身寮の部屋でシンナーを吸っていた。会社からしっけいしてきたのだろうか。でも、社会人になれば金も定期的に入るようになる。そして、その男は別の趣味（？）に興味を持ち出し、学生時代からのアブナイ趣味は自然消滅した。

今日は頭もだるい。シンナーを嗅いだせいではない。脊椎炎で首の違和感から来るものだ。昨晩も寝つけなくて何度も目を覚ましていた。ほんとにやるせない夏だ。

去年の夏は出版された本の原稿を書いている真っ最中だった。血尿も頻繁に出ていた。でも、その当時は今よりとても充実している夏だった。

「ジンジンと命を燃やす油蝉」と、俺が去年詠んだように、今年より蝉がたくさん鳴いていたように記憶している。今年は途切れ途切れに鳴いている。（今日はまったく聞こえないなぁ、涼しすぎるのかな）と思い、コーヒーカップに手をやった。

蝉鳴かず鳥の奴ら高笑い

薄日が射して暖かくなり蝉が鳴きだした。（夏はこうでなくっちゃ）と思ったら、二階の若い夫婦かどうかわからないが、奥さんの高靴の音がペンキ塗り立てのドアの隙間から聞こえてきた。ドアのすぐ外が階段なのだ。（所帯を持ったら高靴はやめろよなぁ）と、また余計なことを考える暇な俺である。


トイレのドアを開けっ放しにして大をナニしているとき、目の前に台所と四畳半を仕切っている戸が見えた。

（この戸も替えなきゃいかんだろう）と考えた。何から何まで防音になったのに、この戸がこのままじゃ防音にならんだろうと……四畳半だけは防音にならないのだ。四畳半にはいっさい手が施されていない。奥の六畳と台所は防音になった。戸は忘れたわけではないだろうが気になりだした。六畳と四畳半を仕切る襖も替わっていない。ペンキ塗りからパタッと作業が止まった。よその部屋の工事は続いているようで電気屋の車が見える。

昨日洗濯した緑のチェックのカーテンが涼しげに風に揺れている。もう五時を過ぎ、今日は工事はこないだろうと玄関ドアを閉めた。

涼しげにカーテンゆらす蟬の声

＊　＊　＊

午前九時、もう三十三度だ。今日は暑くなりそうだ。扇風機が空しく回っている。風もほとんど部屋に入ってこない。工事屋もこない。大リーグのテレビ中継が始まっている。

昨日あれから誰も来ないと思ったら夜八時頃に隣の住人が外出から帰ったらしく、

「隣でーす。車の窓、開いてんじゃない？」

と、いい音に戻ったチャイムを鳴らしてやってきた。

外に出てみると、車が暑くなるだろうと思って開けておいて、閉めるのを忘れていた俺の車の窓が開いていた。

「何も盗まれるものはないけどね」

と言って車の窓を閉めた。

「どーお、工事、終わりました？」

「まだ、ちょっと……長いよねぇー」

「そう、一カ月ぐらいはかかるよね。おっ、うちとは違う壁だよ」

玄関ドアを開け放っていた俺の部屋を覗いて言った。

「俺のところはピンクが少し入ってるよ」

「オレんとこはこんな色よ」

お隣さんは玄関ドアを開いて中を俺に見せようとしたが電気が点かなかった。でも、外の踊り場の明かりに照らされた壁の色はアイボリーのように見えた。

そして、そのお隣さんの台所は、いかにもチョンガーの不精髭が表わすように荷物が散乱していた。

（これじゃあゴキブリもわくわな）と思い、「どーも、ありがと」と言って玄関ドアを閉めたのだった。

昨日の出来事を思いながら野球中継を切り替えた。テレビ中継の世界陸上男子マラソンがスタートした。午前十時になろうとしている。

マラソンも散歩も出来ず夏の陣

＊　＊　＊

午前六時に今日は目が覚めた。朝飯、薬を流し込み、あまりの躰のだるさに再び床に就いていた。

いつまでもペンキの匂いが部屋に立ち込めている日曜日だ。俺は昔、会社でおもいっきり部品の洗浄剤を吸っていた。やたらとこの種類の匂いに躰が敏感だ。

どこかの部屋ではエアコン取りつけの穴開けが行われているらしく、穴開けのドリルの音が、起きようか、このまま寝ていようかと思っている俺の耳に聞こえてくる。

よっこらしょ、と起き上がり温度計を見たら二十八度ある。

今日は朝から曇り空、風はまったくないが気温が上がってこない。

ガランとした台所に行き、水道水でインスタントコーヒーをいれて工事期間中の指定席、四畳半の椅子に腰かけた。

殿様蛙ではないだろうが、雨乞いだろうか、時々蝉とともに隣の住宅の庭で蛙が鳴いている。

いつも鳥とか蝉のことを書いているが、ここは近所の公園に木々が多く池もあり、隣の庭に鳥たちが飛んでくるのだ。蛙はそこからくるとは思えないが……。

連日の工事や暑さ俺果てる
夏バテかはたまた病目にクマが
手を伸ばす好きなコーヒー干涸びて

土蛙ヒキ蛙かなもっと鳴け
殿様蛙絶滅の危機

午前六時よりテレビ中継していた世界陸上で、ハンマー投げの室伏選手が日本時間で九時半過ぎに銀メダルを獲得した。中継に没頭している間に玄関口の外の塗装のテーピングをしていったようだ。ガサゴソ音が聞こえていた。そして、そのあとペンキを吹き着けて「終わった」

と作業員の声が外でして、作業が終了したようだ。

今日も涼しく、窓を少し開けただけで過ごしている。

今日は通院日だ。工事が始まって三度目になる。もうあと三日で防音工事は一カ月にもなる。

（防音工事は一カ月と決まっているのかな?……いいかげんに終われよな）と、思いっぱなしの今日この頃だ。

暇なれど我が躰には病あり
塗装の匂い更に狂わす

＊　＊　＊

いつものクリニックだ。そしていつもどおりでなく柳看護婦が直々にテレビのニュースを観ている俺の所に来た。

「かねださん、今日はＤｒ．、熱があるのよ」

「あっ、いいよ。どの先生でも、薬さえ貰えれば」

「ええ、でも診てるのよ、Ｄｒ．は帰らずに。あと二人かな？……大事な人だから帰ればいいのに」

「じゃ、向こうに行こうか」

と、柳看護婦のあとに続いた。第一診察室では俺のもう一人の担当医である信長先生がたくさんの患者を受け持ち診察に当たっていた。今日は信長先生の診察日ではないのだ。急きょ手伝っているようだ。

俺はどちらかなと思い、第三診察室の中待合室を覗いたらＤｒ．の診察をたった一人の患者が待っていた。（じゃ俺はこっちかな）と思い廊下の長椅子に腰掛けた。まもなくして重体（?）のDr.が廊下にいる俺の後ろから、俺の坊主頭を見て「おっ、さっぱりしてぇー」と空元気を出して言った。

「おっ、どうも」

躰ごと振り返った中待合室には、思ったより元気なDr.がヌーと立っていた。

「どうしたの、熱があるんだって?」

「うん、まーね」

「俺に嫌み言われるので起きてきたんだろ」

と、冗談をカマしてやった。

「終わった?　工事」

「まだやってるよ。もうくたびれたよ」

「どこかおかしいんじゃないの、その工事屋」

「アパートの部屋、四、五軒やってるらしいよ。そのほか、どこかやってるみたいでさぁ。あと三日で一カ月だよ、何をやってんだか」

俺たちは診察を忘れていた。

「Dr.、鬼の霍乱《かくらん》かい?　熱ほんとにあんの?」

と、Ｄr.の細い腕を触って俺が診察した。

「熱、ないじゃん」

半袖の診察着からはみ出た細い腕は、冷房に冷やされたのか冷たかった。腕で熱は測れない。なにか風邪ではないように感じた。毎日冷房漬けで冷房病か？

「入院してんだよ。九十二歳のばあちゃんが家にいるからさぁ、移しちゃうとね」

本当なんだか、でも、Ｄr.ならクリニックにでも泊まっているかもしれないと思った。

「うちのばあさんは八十八まで生きたよ。少しボケてたけど……Ｄr.、かあちゃん貰えば。いい歳コイて……稼ぎがいいんだからさぁ」

「かねださんを差し置いて、それは……」

（遠慮するもんじゃあるまいし……）と思う俺だ。

「俺は病気持ちでもう五十だし、いまさらだけど……病気しなかったら二、三人囲ってるよ」

と、オオミエ切ってやった。

「まだ四十九じゃん」

「そんなことはどうでもいいけど、工事でさぁ、ゆっくり寝てられないから、それで疲れるよ」

　下目蓋をめくってやった。

「あれまぁ……どう、採血を即攻でやろうか？」

　クリニックに来る前に俺は鏡で診てきた。

「今かい？」

「うん、今」

「じゃ、採ってくるよ」

　と、採血に処置室に向かった。

　柳看護婦に呼ばれてＤｒ．監視のもと採血をした。

　Ｄｒ．の立っている後ろ姿がやけに痩せたように見えた。

　俺が来る日だから無理して診察をしていたわけではないだろうが、（田舎もんだから真面目なんだな、倒れても俺のせいではないぞ）と思い、処置室を出た。

　信長先生が頑張っているらしく、Ｄｒ．の最後の患者は俺だった、と思いきや、急ぎの患者が来た。

　いち早く俺は柳看護婦より採血結果を聞いた。

「いくらだった？」

「六・四……六以下に下がったら輸血？」

柳看護婦も俺が何を聞きたいか、何も言わなくてもわかるのだ。

「それじゃ、まだいいかも」

俺のあとから来た患者は入院になるようだ。俺だって瀬戸際だ。その患者は入院手続きをするようだ。

「じゃ、お疲れさまー」

「あっ、どうもありがとうございました」

「また呼んでください」

と、急きょ手伝いの信長先生は、Ｄｒ.に細やかな冗談を言って帰っていったようだ。俺は中待合室に戻りそれらを聞いていた。

「どうする？」

俺は診察室に入り、Ｄｒ.に聞いた。

Ｄｒ.もピンクの検査表を見て判断しかねている。

「今回は三カ月もったよ。四月末にやったから」

「前もってやろうか、辛くなる前に。目いっぱい輸血してもいいけど、その分出血も多くなるからね」

「お盆はここは休まないの？」

「休む必要ないでしょ、職員のみんなは休暇で休むから」

（そらそうか、病気には盆休みはないからな……ご奇特なことで）と、思っちゃったりなんかした。

「いつまで続くんだろうね、俺の病気は……疲れるよ」

「……じゃあ、一応月末の月曜日を予定しようか？　胃も診てないし」

「痛いところはないよ。まぁいいや、今度また。じゃ、お大事に」

お大事にと、Ｄｒ．に言ってやった。いつも言われるのはシャクだ。一度Ｄｒ．にお返ししたかった。

Ｄｒ．はこのクリニックに勤めてもうすぐ三年になる。俺の通院日、及び入院時にはいつも来ていた。

（患者に医者が、お大事に、なんて言われることはそうねぇーだろ）と思い、クリニックをあとにした。

薬局は混んでいた。お盆も近くなり、早めに薬を貰いに来る患者が多いようだ。

薬を一番最後に貰って外に出た。

外は雨が落ち始めていた。俺は長袖を着ていたが蒸し暑さもほとんど感じない涼しい一日だった。

今日は、薄暮の空に蜩が鳴いているのがはっきりと聞こえていた。

鬼霍乱日頃の疲れもう三年
何度目か輸血輸血の情けなさ
陽も落ちて蜩が鳴く明日立秋

*　*　*

おお、今日は立秋だ。

涼しいというより、俺にとっては肌寒い。

メジャーリーグの野球中継を観ていたら、風呂場のシールド工事に作業員がやってきた。

「他んとこ終わりました？　俺んとこは忘れたのか襖が帰ってこないし、戸もまだよ」

「ハハハ、そうすか」

と、作業員は笑った。

「まぁ、一番最後が扉関係なんでしょ？」

「そうみたいですよ」

そう言っていた作業員の携帯が鳴った。

「ここ、すぐ終わります。そっちに回ります」

と携帯を切った。

「忙しいですね」

「貧乏暇なしで……じゃ、終わりました」

外では二階のサッシの取り替えのための足場が外されているようだ。いよいよここのアパートも工事が大詰めの気配だ。あと二、三日か……。

二三日《にさんにち》二三日が一カ月
俺の躰はもう輸血ごろ

今朝もだるく、数日前は工事を早くやってくれないのかと元気に言っていた俺が嘘のような日だ。熱っぽく多少下痢気味でもある。

＊　＊　＊

表具屋が俺の躰に合わせるかのように、十時ごろにチャイムも鳴らさずに部屋に入ってきた。

俺は四畳半の部屋でテレビの世界陸上をダラーっと観ていた。

「あっ、すいません。いないかと思って」

襖屋は六十過ぎの、小柄でテキパキしたいかにも職人という感じの人だ。

「いいですよ。いつも開けっ放しですから。うちで最後ですか？」

「いや、もう一部屋あります。他はなんだかんだ言って作業させてくれないようですよ」

台所と四畳半を仕切る戸はレールつきの頑丈なやつに替わった。四畳半と六畳を仕切る襖戸も二倍の厚さになった。また押入れの襖は忘れたようだ。蒲団類が溢れかえっているのが丸見えだ。

監督は、「あとはこの襖だけです。そのあと写真を撮って……」と帰っていったが、ほんとは忘れたのだろう。そして玄関ドアの開閉を和らげる器具もついていないのでネジ穴が見えている。ドアには部屋番号もついていない。（いっぺんに終われよなぁ、チマチマと。あぁ、頭もだるくなってきた）と、思うのもだるい。

工事が始まる前はここ数年になく体調がよかったが完全に体調を崩したようだ。

夏の高校野球も地区予選が終わり、今日から甲子園での本大会が始まってしまった。明日が防音工事作業が始まってから一カ月目にあたる。

一カ月絶好調から転げ落ち
この月末は赤い輸血管

*

*

*

月遅れのお盆も今日で終わり、親父の線香もあげてきた。

アパートの周辺はかなり静かだ。周辺は静かだが、これ見よがしに米軍機が時折轟音をまきちらして飛び去っていく。俺のアパートから南の方角に車で数分のところに飛行場がある。

その日の風向きによって飛び立つ方角が違うようだ。

今日は北風、アパートは飛行場の北にある。今日はアパートの上空を米軍機が飛び立っていっている。

数日前の予想どおり、工事はまだ完全には終わっていない。甲子園の高校野球も一回戦がすべて終了したが、俺の部屋は押入れの襖を残して工事がストップしている。まぁ、終わったようなものだが……。

昨夜、何カ月ぶりかで、十数年前に死んだ二番目の兄の家族に電話を入れた。

「はいっ」と、聞き慣れない澄んだ元気な若い女の声がした。義姉の声ではなかった。兄貴が目に入れても痛くなかった、その当時は死というものがどういうものか知らない、幼い女の子であった。

「恵子です」

と、ハッキリとした口調で俺に告げた。知らぬ間に大人になってしまったようだ。おそらく、もし俺が外で出会ったとしても気づかずに通り過ぎてしまうだろう。

（ガングロで厚底かな？）と思うぐらい長い月日が過ぎてしまった。

義姉も俺と同い年、あちこちにガタが来ているようだ。今回は鼻カタルだとカタってい
た。三月には花粉症で鼻水ズルズルだと言っていた。電話をするたびに何かしら体調を崩
しているようだ。まぁ、更年期障害ってやつだろう。

電話を替わったときの義姉は、

「おう、生きてたぁ？」

これであった。たまにしか電話しないが、結構カタるのだ。

「兄貴に線香あげといてよ」

「うん」

「タカシは？」

「残業なのよ。お盆休みなしに」

息子も親父を早くに亡くし、病気もして苦労しただろう。今も新入社員で苦労している
ようだ……あまり電話をする機会がない俺は、懐かしさで、つい長電話になってしまう。

「本、要る？、埃かぶってんだけど……」

「うん、ちょうだい。余ってんなら」

「たっぷり残ってるよ。やるところもないし」

「田舎にやろうと思って……こんど恵子が行くのよ。読みやすいのよね、あなたの本」

義姉の遠い故郷では俺の本は配本されていない。注文すれば来ないわけではないが、どうせ俺の部屋の出窓に積んである。それをやることにした。義姉は読みやすいと言ったが、まあ、ヘタクソとわかり切ったことは言えなかったんだろう。俺はヘタなりに本など出版してしまったのだ。

「しかし読み返すと俺の文章はヘタだよねぇ、最後のほうは辛うじて読めるけど……手紙だって書いたことなかったんだから俺は」

「わたしだって嫌よ、手紙なんて……でも、誰でも本を出せるわけでもないし、いいわよ。世の中に残せたんだから……」

義姉はそんなことはないだろう。若い頃、医療事務をしていたはずだ。多少は頭を使っていただろう。俺は肉体労働ばかりしていた。兄弟が多くなかったら、おそらく義姉は大学に行って、野球ばかりしていたレントゲン技師の兄貴とは知り合わなかっただろう。そしてもっと幸せな人生を送ったはずだ。

「……じゃ、五冊ぐらい宅配便で送るよ。どうせ積んで置くだけだから……」

昨夜の長電話はそれで終わった。その晩も米軍機が防音工事をほとんど終えたアパートの上空を、「わざとらしく飛んでやかましいでしょ」と言う俺の声が義姉に届かないくらいの爆音で飛んでいた。

爆音に義姉の声も遠くなる
多少は老けたか声が萎びて

＊　＊　＊

盆も明けた静かな土曜日。俺はまたワープロを打っている。最近俺は、これからどうして生きるべきかと、柄でもない哲学的なことを考えることが多い。
事実この俺は、躰中病気だらけで仕事もできない。できないというより、どうでもいいという心境だ……愛すべき家族もない。数年間、いっしょに住んで俺の食事などの面倒をみていた母親は、病院のベッドの上で三年以上寝たきりである。いずれ近い将来、心の支えはなくなるだろう。この先、今までより何もない人生だけが待っているような気がする。

また今月末に輸血をすることになるだろう。もう何度輸血したかわからなくなってきた。生きるのが面倒くさい……いつもかったるい躰に夏でも病気を隠した長袖、首が前傾した猫背の重い躰を引き摺り餌の買い出し、もう毎日の生活に十分嫌気がさしている。栄養をとらなければいけない躰なのに簡単にインスタントラーメンと桃を食し、そして薬のあとにカフェインの多いインスタントコーヒーを飲む。侘しい、哀しい、情けない……故に、「そんなにして生きるべきか」なのである。と言っている間にも時間は流れていた。ようやく今日午前中に、防音工事で持ち去られていた押入れの襖が入った。表具屋は「お盆休みで来られなかった」と言ったが、それだったらその前に来ればいいだろう。襖を持ち帰ってから一カ月も経っているのだ。俺の場合は独り身で仏様もここにはいないからいいものの……お盆だったら普通の家では客が来るはずだ。そのときどうするんだ。「襖がない。あら恥ずかしいわ。押入れの中が丸見えよ」なんてことになる。

最初から最後まで、俺のような、ちんたら工事であった。ほとんど連絡がなくいきなり来るのだ。いきなり来るので、だらだらと寝ていられなかった。

大工が言ったことを思い出した。

「病人には見えないよね」

「まぁね……薬食ってるから」

と、強がって冗談を言っていた。

こんな性格だから病気だらけになったともいえるかもしれない。今頃気がついて、(ダラダラと生きていてもしょうがないか)と、最近思っている。

表具屋は襖を入れ、監督も一緒に来て工事終了の確認の写真を撮り、「ありがとうございます。お世話かけました」も言わず、「もう終わりだ」と帰っていった。

俺には防音工事などどうでもよかったのだ。独り身で、飛行機がうるさかろうが、仕事もなく、いつでも眠れる。テレビが聞こえなくてもさほど支障はない。音楽も最近はラジカセもなく、聴くことがない。なにもかもがどうでもいいのだ。ただ、飯だけは忘れないが……。

一カ月に及ぶ防音工事で俺が得たものは、病気の悪化だけであった。いい思いをしたのは大手のゼネコンだろうか……明日からは、おもいっーきり寝てやるぞ、と思う、世間では夏休みも終わりそうな、蝉も鳴かない風の強い土曜日である。アパートの部屋から臨む隣の住宅の庭には、その強い風に晒されながら、一輪の赤いバラの花が咲いていた。

母ありて灯し続ける我が命
　この先何を灯火にして
鳴くだけの生命短し油蝉
盆が明けざわめき戻る夏の暮れ
夏休みひっそり庭の赤いバラ

＊　　＊　　＊

もう最近は大変である。乾癬が酷くなりつつある。空気が乾燥しているのか皮膚が剥がれ落ちるようになった。まぁ、毎度のことではあるが……。

明日はクリニックだ。先日Dr.は、入院して輸血をする、と言ったが、これでは遠慮したい躰になった。クリニックではもちろんエアコンが作動しているだろう。入院で益々乾癬が悪化するのは目に見えている。

首も相変わらず違和感がある。赤血球も足りないので躰がふらふらしている。輸血は当然しなければいけないだろう。今回は暖かさもあり、薬も多少効いたのか一カ月ほど輸血は延びたが、ただそれだけの話である。

これらが一生続くのかと思うと、ハラワタが煮えくり返ってくる。胃も調子悪いような悪くないような、と言ったら、また内視鏡をやろう、と喜ぶだろうなDr.は……。

ハラワタはポリープ潰瘍真っ黒か
おっとこれでは悪性腫瘍？

＊　＊　＊

台風が日本列島に接近しているそうだ。二年ぶりの台風上陸になりそうだと、昼のニュースでは言っていた。

雨が落ちてきそうな怪しい空の下、クリニックの駐車場わきの鬱蒼とした木立の中で蝉たちが鳴いている。

いつものように長袖にジーパン、サンダルばきでクリニックへ。なんとなく数カ月ぶりに来たような懐かしさを覚える。俺には、お袋の病院とクリニックが唯一の外出先だからだろうか……侘しいというより、もうどうでもいいような気持ちが支配している。でも来てしまう。人との会話に飢えているのだ。聞きたくもない病気のことでも……。

相変わらずの風貌で、若者向きのテレビドラマを一人テレビの前のソファーで井口さんは観ていた。

「先日さぁ、亀ちゃんに会ったぁ？　風邪ひいたらしくて診察をあまりしてなかったけど」

「俺は会わなかったよ。熱があるとかで……」

話を聞けば、先日の診察日には井口さんはＤｒ．に会わなかったようだ。俺より数分先に来たようだが、Ｄｒ．に冗談も言わずに採血と薬だけで帰ったようだ。

（ハハァー、さてはＤｒ．に敬遠されたな？）と思い、俺は井口さんの話を聞いていた。

俺はあの日クリニックに来て、すぐ呼ばれてＤｒ．の診察を受けた。そのときは案外元気そうだった……まぁ、ちょうどＤｒ．が帰るところだったのかもしれないが……。

今日も結構混んでいる。カードだけ先に入れておいてあとで来るのか、いっこうに患者が減らない。

井口さんは「一時間は待っている」と言っていた。俺は暇なので何時間待ってもかまわないが、家族のある人はそうはいかないのだ。

「おおー、どうも」

と、井口さんの隣におじさんが座った。

「あの人も糖尿病?」

「うん、そうだよ」

いつも言っていた井口さんの糖尿病仲間のようだ。

伊原さんと言っていたが、その人らしい。背が低くズングリムックリ、プロレスラーを小さくしたような、いかにも病院に来れば糖尿病の患者だとわかりそうな体型だ。先月、井口さんが二階の入院病棟に会いに行った人のようだ。

「先日、会いに行ったらいなかったよ。亀ちゃんは、いるよ、と言ったのにさぁ。亀ちゃんに騙《だま》されたよ」

と、その伊原さんに言った。

騙されたはないだろうに。そんなことばかり言っているから診察を敬遠されるのだ。確かに伊原さんは入院していたようだ。「いたよ」、と言っていた。その伊原さんが二階に上がっていった。他にもまだ知り合いが入院しているようだ。今では入院患者も十人ぐらいはいるようだが、クリニックだからそんなに患者は入院させられないのだ。

「看護婦も一人ぐらいしか見ない」と、二階の入院病棟に見舞いに行って戻ってきた伊原さんは言った。

そういえば、以前いた婦長は、最近、とんと姿を現わさない。(向こうの病院に戻ったかな、それとも辞めたかな?)と、いつも俺に話しかけてくれていた婦長を懐かしく思い浮かべた。

井口さんは呼ばれて診察室のほうへ向かった。俺と伊原さんはテレビの六時のニュースの台風情報を観ている。

それにしてもクーラーが利きすぎて寒いクリニックだ。

「亀ちゃんも風邪をひくわなぁー、この寒さじゃ」

と、伊原さんと俺は笑った。でも彼は寒くなさそうだ。スポーツ刈りのヘアースタイルに半袖なのだが……肉がたっぷりついていて温かそうだ。

俺たちもアナウンスされて、中待合室の椅子に腰かけた。

俺たちが最後かな? と思っていたが、後ろにまだ三人もいた。

「よくこれで三、四年も失明しないでいるねぇ」

と、井口さんへのＤｒ．の声が聞こえる。血糖値がまた高くなったようだ。

「盆踊りで酒でも飲んでんじゃないの？　伊原さんと」

と、またＤｒ．の声。

彼らの話をさっきロビーで聞いていて（そうだ）と思った俺はおかしくなった。

「焼酎ならあまり関係ないというから俺はそれを飲んでるよ」と伊原さん。

「俺は缶ビール二百五十㎖は飲めなくなったよ」

と井口さんがロビーで話していたのだ。この二人は飲んでいることは明白なのだ。

診察では結構やり込められている今日の井口さんだ。ここに勤めてもうすぐ三年になるＤｒ．だ。親しくなった患者も多くなり、結構診察をエンジョイ（？）できるようになったようだ。

この人たちも一生このＤｒ．とつき合うことになるのだ。歩ければの話だが……。俺は糖尿には縁がない。そんなに豊かな（？）血液ではないからだ。

九月には速効性のインスリン新薬が出回るようだ。いくらかこの人たちは楽になるだろう。

井口さんの次のおばさんの次に、俺が呼ばれた。

「こんちは。どう？　採血しなくていい？」

「大して変わらないから……」

「ほんじゃ、いつにしようか輸血……工事、終わった？」

「終わったよ、先週。通いでもいいよ。クリニックで」

工事が長引いているので、先日の話では月末に入院予定とカルテに書いていたようだった。

「じゃ、来月にしようか？」

「今週でもいいよ、どうせするんだから」

「じゃあ僕がいるときに……」

「別にいなくても……」

「またそんなこと言う……金曜日と月、火でどう？」

「前回は八百だったよね。今度は千二百か……もう俺の血は、俺の血ではないよね」

「そうでもないでしょ……あっ、そうか」

俺の言った意味がわかったようだ。頻繁に輸血を繰り返し、ほとんど俺の血ではないのだ。多少造血してはいるが、出血し続けているから輸血が欠かせないのだ。

「血尿、血便は?」

「血便はないけど、尿は薬で濁っているから……」

「……」

「爪がこうなったよ、乾癬で……」

輸血承諾書にサインするときに俺はＤｒ．に言った。

乾癬で爪がイカれてしまい、それを切り落として半分になった爪を見せた。

「あぁ……薬を出そうか?」

皮膚は見せたことがあっても、爪がこうなることを見せたことはなかった。

「ん、いいよ。それより首がねぇ。この先どうなる?」

最近は脊椎炎のために首が気にかかっている。聞いても仕方がないことだった。Ｄｒ．も、どうしようもないよ、といった顔をしていた。

「じゃ、また」

と、冴えない挨拶で診察室をあとにした。

(この人はいくつ病気があるんだろう?)というような庶民的な顔をして、伊原さんは中待合室にいた。

輸血の受付メモを三日分看護婦から受け取り、

「きょうは六百七十円です」

「おっ、きょうは安いね」

と、会計で領収書を折り曲げて渡してくれた多少茶髪の受付嬢に言った。いまだにこの受付嬢の名前も覚えていない。名札はついているようだが……そのときになるとつい忘れて、領収書を受け取ったあと（覚えなきゃな）と、いつもそう思う。別に変な下心はない。

少しは俺を知ってのうえで、そういうふうにして（折り曲げること）渡してくれるのだな、といつも嬉しく思いつつ薬局に向かっていく。

薬局では珍しく社長が応対に出た。

「どうも」

と、いつもながらニコニコしている。

「どうですか？　お変わりありませんか」

「変わらずというか、週末から輸血です」

と、言ってしまった。

「薬は割らずにそのままにしておきました」

社長も薬の話を薬剤師から聞いていたようだ。

「あっ、いいですよ。自分でカチ割りますから」

ステロイド錠剤を半分に割る話のことである。

副作用が強い薬なので、微妙にミリグラムを調整するためにDr.が指示しているのだ。

「飲みづらくはないですか？　この薬」

「とくには……」

こんどは免疫抑制剤カプセルのことであった。

最後には、大して多くない薬袋をビニール袋にまで入れてくれようとした、相変わらず親切な社長さんだった。

「あっ、それはいいです」

と断り、薬局の外に出た。

薬局の前は旧国道である。盆休みも明けたようで車が頻繁に通る。真っ暗な駐車場のそばの木々では相変わらず蝉が鳴いていた。

世界では、心臓移植ならぬ人工心臓を埋め込むような高度な医療がアメリカでなされたようだ。

本物の心臓を移植するまでの仮処置のようだが、それでも素晴らしいことだ。その間に患者の体力を回復させて、それでもって本物の心臓を移植するのだ。

俺の場合は移植をするような病気ではなく、唯一移植のような輸血はしている。まあ、死に直結しないだけいいものの、でも、ただ輸血ばかりを繰り返しているというのも如何なものか……。

今日は台風が日本列島に上陸したようで、ここでも夕べから雨が降り続いている。多少蒸し暑いが、俺にはちょうどいい。なぜなら蒸し暑いほうが乾癬にはいいからだ。

* * *

知らぬ間にひろくなったか俺の顔

いや惨めなおやじと蝉時雨

首と肩が昨夜は痛くて頻繁に目を覚ましていた。俺には病気がたくさんあり躰が休まる時がない。以前発症した帯状疱疹《ほうしん》も時々痛む。

「膠原病《こうげんびょう》系よ、かねださんも……」

と、Dr.は言う。俺もそうだとは感じているが認めたくはない。

昔、ある医院で見たことがある。その患者の行く末を……お袋が入院している病院にもそのような患者を見受ける。

この病気は女性に多く発症する。

俺は女性ではないがオカマでもない。環境ホルモンや薬剤の影響で躰が女性化され、そのせいで女性が多く発症する病気になったのだと自分では感じている。

多摩川の魚なども環境汚染のせいか雌化しているらしい。

おそらく「特発性血小板減少性紫斑病」も「特発」というぐらいだから「原発」と違い、文字でもそれを物語っている。ようするに「DNA」には関係ないということが俺の研究の成果だ。もしかすると、数年後には背中が盛り上がり、目は見えなくなり、そして、歩けなくなるのだろうか。いい薬ができるかどうか……でも、今の俺の病気ではこれ以上進行しないような気もする。

俺は死ぬことなどは恐くはない。今では生きていくことが面倒くさい……まぁ、この先、生きていけるかどうかは神のみぞ知る、というしかない。

「ああ、すっきりした」

俺はこうしてワープロに戯言《ざれごと》を打つことで自分を現実から逃避させている。もし、これもなかったら、今頃俺はあの世で親父と兄と、酒でも酌み交わしていただろう……天国に行けたとしたらだ。俺は天国にも行けないだろう。天国に行ける人は世のためにいいことをした人だ。そして、友達もいない人は天国には行けないそうだ。

台風の雨音聞いて我れ一人
**　　明日も一人台風一過**

無常なる我が胸の奥誰知るや
**　　病の数を数えて空し**

雨垂れや無常の心ボタリかな
**　　ポタリと記せず濁る胸に似たり**

このアパートの周辺は木立が多いせいか、鳥や蝉が意外に多い。でも、トンボを見かけることは希《まれ》である。近くの公園には池もある。たまーにヨタヨタと飛んでいることがある……金属羽根のトンボ（飛行機）はしょっちゅう飛んでる町ではあるが……。

トンボの幼虫は水中の生き物だ。水がきれいでないと生きられないのだ。二十年前は公園のそばの小川はドブのような川だった。

今では結構きれいなようだが、ヤゴが生息できるような水質までは回復しているかどうか。

ヤゴが生息できるようになれば、蛍も飛び交うことになるかもしれない。

ヤゴを見ていつ飛び立つや鬼ヤンマ
あのヤゴはシオカラ麦わら婆トンボ？
トンボ尻禁じられたる仕付け糸
夕焼けに溶けてしまうか赤トンボ
見上げれば空いっぱいのアカネかな
ゆらゆらと人魂の様蛍かな
夕涼み浴衣の裾の明提灯

蚊帳の外怪しく彷徨う蛍かな
蝉の穴微かに感じる指の先
　※蝉の幼虫は土の穴にいる。その穴のこと。
林檎の木抜け殻無数露の朝
薄みどり抜け殻抱えた油蝉
やられたか蝉のしょんべん顔に浴び

俺の子どもの頃の故郷では、虫、虫、また虫の夏休みだった。今の子どもは、ゲーム、ゲームの夏休みだろうか。

　時流れ虫はゲームの虫になり
　　我が人生虫の儚さ

クリニック物語

1

毎度毎度、も一つ毎度のクリニックだ。普段の午後の、それも診察が終わりそうな夕方と違って患者が多くて居心地が悪い。テレビの前の椅子もいっぱいだ。まだ診察前の午前八時半である。

俺はいつものブルーの長袖シャツをやめて、今日は淡い黄色の長袖シャツでクリニックに来た。なぜ夏の時期に長袖なのか、それは知る人ぞ知るである。今年は半袖を着ることができたのは、ほんの数えるくらいの日数だった。

俺は診察カードと輸血メモをカード入れに入れ、廊下の長椅子に腰かけて「読売新聞」を読みだした。

老眼鏡を忘れてきてしまい、些《いささ》か読みづらい。でも今日は、いつもの午後に来るときより早く呼ばれるだろう。読むのはあとのお楽しみとした。

お年寄りたちがたくさん、賑やかに俺の座っている廊下の長椅子の前を通る。

「かねださん、お二階にご案内します」

と、九時になり、お馴染みの角看護婦が、大変ご丁寧に、廊下の長椅子にいた俺に言った。

「おっ、行くかぁ」

と、今日の新聞を持って角看護婦とエレベーターで二階病棟に向かった。大勢いる外来患者たちの注目を集めてしまった。二階は入院病棟なのである。

エレベーター前で、

「ふらふらします?」

「まぁね。慣れてるけど……」

「病棟が新しくなったのを知ってるでしょ」

「ええ、前に見せてもらいました」

いつだったか、婦長に、新しく改修された入院病棟を見せてもらったことがある。

エレベーターが二階に止まった。

「ポツリポツリ入ってますね」

エレベーター前の部屋には三人の入院患者の名札がかかっていた。隣の部屋もいるようだ。それを通りすぎ、

「もしかして俺の部屋は貸し切りかい?」

「どうでしょ」

と、確認のためにナースセンターにノックして角看護婦は入っていった。

間もなく戻ってきて、俺の入る部屋はセンター前の広い五人部屋に決った。

「おっ、広いなぁー」

多少変則な部屋であったが、すこぶる奇麗な部屋だ。まぁ、改修したてで奇麗なのは当たり前だ。

ピンクのカーテンが明るさを強調している。向こうの病院のベッドと違って、すべてが新品になっていた。

この二階は以前は外科病棟であった。手術室もあった。俺は三階にいて、病院が移動するのを見届けて、新しい病院で鯛の尾頭付きを食って退院した。

部屋に入ると、真中の窓際には数輪の花をつけたコチョウ蘭の鉢植えが飾ってあった。

「かねださんのために飾っておいたのよ」

と、角看護婦は思わせぶりに言った。そういえば、去年も、このようなコチョウ蘭を一階の受付カウンターで見かけたことがある。

意味深に角看護婦が言ったのは、以前、俺の原稿を読んだからだろうか？　そういえば、またそういえば、になってしまうが、以前、この角看護婦のことだろうか、婦長が「○○さんのところに原稿がいっているのよ」と言っていたことがあった。俺はそのときは角看護婦のことを知らなかったので、誰のことを言っているのかわからなかった。いまではチョコチョコお目にかかっている。

それにしても、こんなにもコチョウ蘭の花は長く咲いているものなのだろうか……俺はあれから三度目の輸血になる。そして、その懐かしい婦長はここ数カ月見かけていない。リストラにでもなったか？　定年で……定年にはまだ程遠い、顔見知りのヘルパーもいつのまにか部屋に来ていた。俺は首も背骨も固まっているために周囲についての観察速度が遅い。角看護婦とともに部屋にいたようだ。

角看護婦は、

「ベッドは窓際にする？　明るいし。どこでもどうぞ」

と、五人部屋を出ていった。残った顔見知りのヘルパーは俺と看護婦の話が終わるのを待っていたようだ。

「しばらくねぇ、わたしの名前を覚えてる？」

俺は一度顔を覚えた女の名前はいつまでも覚えている。ただし美形だけ（?）……彼女は数カ月も前に向こうの病院でも見かけていた。でも、彼女はいつも名札がエプロンで隠れていた。（名前を覚えられるのが嫌なんだな）と思っていた。彼女はクリニックの入院病棟が始まってからこちらの担当になったようだ。意外に気さくに声をかけてくれた。

「えーと、ちょっと珍しい名前だったよね」

名前が思い出せない（ちょっと、まずったかな）。

「ちょっとぉー……」

覚えていないわけではない。最近は血が足りないせいか思い出せないだけである。多少、歳かもしれないが……でも彼女はヘルパーの中では一番背が高くてスタイルがいいし、しっかりと覚えている。そして最初の入院で特別に、俺の躰に合わせて枕を作ってくれたのだ。

多少、気むずかしそうに見えるが、話せばそれほどでもない。あまり無駄話をしないだけなのだ。いつも彼女はセミロングの髪を後ろで束ねていた。その当時、カトちゃんと呼ばれていた。もう何度も向こうの病院での入院時には見かけていた。

昔の思い出話に話が咲き、またおもしろい名の、看護婦のフクちゃんが、度の強そうな眼鏡をかけてやってきた。彼女も最初の入院時からの顔見知りだ。少しも変わっていない。元気がよく、誰にでも愛想がいい。多少（？）ふっくらしているのも変わっていなかった。

「おやまーしばらくねぇー、どうしたぁ」

「どうしたぁ」が彼女の口癖だ。

「俺はいつも見かけていたよ。外来で」

実は、俺が一番最初に面倒かけたのはフクちゃんなのである。救急車で運ばれたときに、Dr.より最初に、ここがまだ病院のときに会っている。車椅子に乗せてくれたので印象深く覚えているのだ。たぶん患者が多い中、そんなことはフクちゃんは覚えていないだろう。

「あの人は何度も来てて、輸血のことは知っているから」

と、新しく入ったような看護婦に説明していた。結構、フクちゃんはベテラン看護婦なのだ。

馴れすぎて困った俺だ。今日はサンダルにジーパンで来てしまった。まあ、今さらカッコつけるクリニックの知り合いたちでもない。毎度のことだ。

部屋を出て病棟をウロウロしていたら、「じゃあ、またねぇー」と、フクちゃんが廊下のエレベーター前で叫んでいた。

「あれ、帰んの。夜勤だったの?」

「そう。あっ、眼鏡ケース忘れちゃった」

と、戻ってきて、

「お大事にぃー」

と、眼鏡ケースを持って帰っていった。

間もなくして、一人の患者が俺と同室になった。

「点滴をする患者が一人入る」と初顔の小笹看護婦が言っていたことを思い出した。

「かねださん、こんにちは！」

と、どこかで聞いたことのある声が入り口でした。俺はベッドに横になってテレビの大リーグの野球中継を見ていた。

この部屋はサブ部屋なのか、テレビカードが要らない。

「誰じゃ、その声は」

「こんな美しい声を忘れるなんて」

こんな冗談をコクのはあの婦長ぐらいである。

俺の躰が自由にならないのを知っている婦長だ。俺の視界の範囲に入ってくれた。

今日はやけに赤い口紅が印象的に見える。（先日、隣の庭の赤いバラの花を見たせいかな？）と思った。

婦長は誰から情報が入ったのか、よく俺の輸血のことを知っていて部屋に来てくれた。

おそらく、外来の角看護婦にでも聞いたのだろう。

「またかねださん、輸血に来てるわよ」

なんて知らせたのだ。でも、顔を出してくれるのは病人にとっては些細なことでも嬉しいことだ。

「リストラかと思ったよ。最近、顔を見ないから」

「今は向こうの三階にいるのよ。遊びにいらっしゃいよ。ベッド空けとくから」

また俺にも負けない冗談を……まぁ、動けなくなったら、向こうの病院にお世話にならざるを得ないだろう。

「向こうは遠いからね。遊びには……」

車で行けばそう遠くはないのだが、道路が狭く、首が自由に動かない俺には難儀なのだ。

「そうねぇー」と言って、やや汚れ始めた新しい入り口のカーテンを開いて婦長は部屋を出ていった。

わざわざ、こんな俺に会いに来るわけがない。「向こうの病院の患者をクリニックに送りに来たようだ」と、外来の看護婦が言っていた。

大リーグ中継はイチローのいるマリナーズが勝った。

もう十一時だ。俺はテレビを消して、ナースセンターに行った。

「お仕事、まだぁ」

「遅いわねぇ」

と、これから輸血針を射すだろう小笹看護婦が言った。

部屋に戻ってまもなく、「あと十分ぐらいだそうです」と部屋に来て言った。輸血初日でクロス（適合検査）があるのだ。

お昼も間近になった頃に輸血は始まった。

「A型ですよね。どっちにします？」

「見えている左腕にしようか」

乾癬が腕に発症しているために血管が見えにくい。小笹看護婦は血液型の確認を怠らなかった。

彼女は、基本通りにゴムで腕を縛って血管を浮き出たせ、消毒をしてピンクの羽根の付いた針をぶっ射した。そして縛りを解いた。

「痛くないですか」

まぁ、いつも聞く注射時の社交辞令とともに、保温器具で温められた血液がポタリポタリと流れ出した。

「やけに赤い血だねぇ、今日の血は新鮮なのかな？　若い人の血かな？　それともブタの血か？」

俺は、初顔の小笹看護婦にも冗談を言ってしまった。冗談を誰にでも言ってしまう悪い癖が出た。

本来は孤独に耐えた静かな生活をしている俺なのだ。

「そうですか？　いつもより赤いですか」

あまり本気にしない小笹看護婦であった。

「お腹が空くでしょ、何か買ってきましょうか」

確かにもうお昼に近かった。

「いいですよ。血液、食ってるようなものだから」

「何かあったら、ブザーを押してください」

と、ブザーを手元まで準備してくれて部屋を出ていった。

「トイレは大丈夫ですか？」

「ええ、大丈夫ですよ」

と、輸血前に言ったが、一時間ほどして大丈夫ではなくなり、俺は血液の保温器具の電源を外して速やかにナニを済ませた。輸血も順調に半分過ぎて、

「喉が渇きませんか、お茶ぐらいならサービスしますよ」

と、小笹看護婦は非常にサービスがいい。この病棟には俺のような世話をかける病人はあまりいないようだ。

昼の常駐看護婦は一人のようだ。ヘルパーはカトちゃんともう一人いた。おそらく三階のヘルパーだろう。三階は腎臓透析のセンターになったようだ。

「クリニックには、重症患者は入れないのだ」と、Ｄｒ.が言っていた。

午後一時だ。そのＤｒ.の声がする。

「ねぇ、かずきさんどこにいる?」

と、俺の居場所をナースセンターで聞いている。

「おう、俺はここだぁー」

と、部屋から声をかけた。Ｄｒ.が外来診察を終えたのか、それとも途中でやってきたのか、顔を出した。

「あのさぁー、ブツが来てるから、ぶっ続けで輸血をしようか?」

と、Ｄｒ.が言った。

「なに、ブツ?……あっ、これねぇ」

俺は輸血の袋に目をやった。来週の分の血液が届いているようだ。

「いいよ。このまま入院でも」

と、冗談をカマしてやった。そして一瞬考えさせてやった。（またぁ、冗談を）といった顔をしたＤｒ.だった。

おそらく俺の考えでは、来週になると、この部屋に今入っている同室の患者がまた一緒になるので、エアコンを使用するため、乾癬に悪いと思ったのだろう……ちょっと考えすぎかぁ。

「明日と来週の月曜日ね。いいよ、それで……でもさあ、いつも俺の血液は賞味期限ギリギリだよね」

「そ〜お〜?」

と言いながら、窓際に寄りかかって話していたＤｒ.は、今度は輸血スタンドの血液袋の日付を看護婦と確認し始めた。冗談を言ったのに、すぐ本気にするＤｒ.をからかっている俺とも知らず……。

「じゃ、明日も……」

と言って、急ぎ下の外来に戻っていったようだ。

「下の名前を言うから誰かと思ったわ」

と、小笹看護婦は言った。

「うん、まぁ、つき合い長いしね」

「いい先生よね。内視鏡もうまいのよ」

いい先生かどうかわからない。俺はクリニックでのＤｒ．しか知らない。もしかして夜な夜な風俗まわりをしてたりして……。

「いつもやりたがるんだよ内視鏡。血便は？　とかホザイて……」

「もう一人の内科の先生も物静かね」

「ああ、信長先生ね。あの先生も静か。たまに病院で会うけど……でも、ここの病院は先生がチョクチョク辞めるよね。給料安いんじゃないの？」

「さあ、どうでしょ。わたし、まだここに入ったばかりなの」

思ったとおり小笹看護婦は、このクリニックは勤めて間もないようだ。また、この看護婦とも度々会うことになりそうだ。

輸血が終わった。

「もう俺は何度も輸血を繰り返しているのさ。そのうちに内臓なんかもボロボロになったりして」

「そんな顔に見えませんよね」

「今は免疫抑制剤やら、ステロイドも飲んでるからね」

「魔法の薬を飲んでるのね」

魔法の薬とはロマンチックに聞こえるが、裏を返せば劇薬で、副作用のある薬の代名詞だ。

「明日もわたしが輸血をしますから、十時に来てください」

と言って、あと始末をして部屋を出ていった。

脱いであったシャツを着込んで、

「じゃあどうも、俺は帰りますよー」

と、ナースセンターにいたカトちゃんに声をかけた。

「お大事にぃー」と、廊下に出たカトちゃんに声をかけられて、「じゃあ」と手をあげ、一階のロビーに下りた。

ちょうどそのとき、俺の名前が呼ばれた。タイミングがあまりにもよかった。（病棟から電話でもしてくれたかな）と思い、診察カードを受け取ってクリニックの外に出た。もう、午後の診察にでも来たのか、車が数台、駐車場に止まっていた。時計が午後二時になろうとしていた。

駐車場を出てすぐに、（おっ、まだいたのか）と思い、クリニックの裏口から出てきた、肩にリュックを背負ったお馴染みのＤｒ.に、ポンコツ車のクラクションを鳴らして合図し、前を通りすぎて、俺は家路についた。

アパートに戻り、遅くなった昼飯を食い、（明日も輸血だ。今夜は早く寝よう）と思ったが、つい、ワープロを打っている自分に気がついた。

気がつけば、いつのまにか夜になり、犬の遠吠えが聞こえていた。

夏の宵何に吠えるかあの犬は
我れ関せず人生刻む

クリニック物語　2

さぁ、もう少しで十時になる。俺は新聞と、カトちゃんとフクちゃんにあげるために、出窓に積んである俺の書いた本を二冊持ってクリニックに向かった。

昨日、彼女たちに聞いたところでは、俺の本のことは知らないようだ。Dr.は彼女たちとはよけいな話はしないのだろう。俺みたいに守備範囲は広くないのだ。俺は掃除のおばさんまで知り合いだ。人気者はつらいのさ……。

今日はカード入れには入れず、直接カウンターにいた、顔を知っている、パサパサ茶髪の受付嬢にメモ用紙とともに診察カードを渡した。間もなくして、その受付嬢がカルテをもって廊下に出てきた。一緒に二階に行こうとした彼女に、「いいですよ。わかりますので一人で行きます」と俺が言って、(ドウシヨウカシラ?)と微笑んで、悩んでいるような彼女からカルテを受け取り、一人でエレベーターに乗って二階に上がった。早い話、俺は二人っきりで若い子と一緒にエレベーターに乗るのが照れくさかったのだ。

今日も静かな入院病棟だ。誰もナースセンターにはいなかった。待つ間にカルテをチラッと覗いた。

「防音工事」という字が見えた。こんなこともカルテに書くのか、(どこかおかしいよなDr.は)と、一人苦笑いをしている自分がもっとおかしく、また苦笑いをしてしまった。

センターには誰もいず、二階の奥のほうに行ってみた。なにやらリネン室でガサゴソ音がしていた。

「こんちはー、誰かいるぅー」

「はいっ！」

と、ヘルパーのカトちゃんが部屋の奥から顔を出した。

「おう、こんちは」

彼女は感情をあまり表に出さない人だ。いつもクールな人なのだ。背が俺より高く、昔、バレーボールでもやっていたのかな、と一瞬思った。

「看護婦さんいない？　センターがらがらだよ……これ持ってきたよ。フクちゃんにもやってよ」

と、本が入った封筒を差し出した。今日は看護婦のフクちゃんは、「休みなのだ」と昨日言っていた。

「あっ、ありがとう。看護婦さんいなかったぁ？」

「うん、誰も……」

と、本の入っている封筒を開けながら歩いているカトちゃんに言った。

ナースセンター前の、昨日俺のいた部屋には、いるだろうと思っていた点滴の患者はいなかった。

今日は、まるっきりの貸し切り状態である。土曜日は患者が来ないことを知っているDr.は、今日を輸血の日にしてくれたのだろうか？　と、また考え過ぎた俺だ。

「その封筒の中には、昨日を小説風に書いた原稿も入ってるからみんなで楽しんでよ。読めば誰のことかわかるから」

と、封筒の中身を教えてやった。原稿は「クリニック物語　1」となっている。枚数はワープロ用紙六枚。ようするに昨日の出来事だ。

「わたしのことも書いてある？」

と、原稿を読みだしたカトちゃんは言った。

「もちろん書いてあるよ。昨日のクリニックのことを書いたから。アパートに帰ってから速攻で書いたんだよ」

「そうね、昨日は黄色のシャツを着てたわね」

と、原稿の冒頭を早速読んでいた。

「すこぶる奇麗と書いてある。ピンクのカーテンのことを」

「向こうの病院は薄いブルーだったよね」

「三階はね……二階はピンクよ。こことおんなじ」

「あっそうなんだ。階で違うんだ……また書くネタができたよ……ところでさぁ、ラオスから来た人はまだいるの？」

「ああ、リンちゃんね。いるわよ。向こうの病院の二階に……もうわたしたち二人だけになったわよ。昔からいるのは」

「ふーん、二人だけかぁ」

小柄で働きもの、日本語を流暢に操っていた。おそらくアジア難民だったのだろう。外国人のヘルパーは珍しく、それで印象に残っている。

その時から三回目の秋が来ようとしている。

「たまに患者さんに言われるわよ。まだいんのって」

と、カトちゃんは言った。

「でもさぁ、どこ行ったっておんなじだよ。みんなすぐ職場変わるけど……まぁ、人にはいろいろあると思うけど……」

そういえば、カトちゃんの笑い顔をあまり見たことはない。俺より淋しい人生を送っているとは思えない。笑えば女の人は花になるのに……男はあまり笑っちゃ気持ちが悪いが……。

「あっ、いらっしゃい」

と、昨日の小笹看護婦が顔を出した。

「いま、輸血しますからね。トイレは？」

と、昨日と同じことを言って、また戻っていった。続いてカトちゃんも本と原稿を持って仕事に戻っていった。

輸血セットを持ち、再び小笹看護婦が戻ってきた。

「今日はどっちにしますか？　昨日は頭が反対でしたね」

昨日は野球中継を観やすいようにと、頭を反対にして横になっていた。

「今日は右に……昨日の輸血のあとが残って血管見えなくなってさ」

「どれ、見せて。あら、少し漏れたかしら」

「この前の時は肉まで刺さってさ、真っ黒さ。これくらいは毎度のことよ」

「肉にぃー？」

と、いつものように作業が始まった。この僅かな時間に看護婦との世間話を楽しむのだ。

「俺はもう五十になるよ。病気ばっかりでさぁ」

「じゃ、二十六年生まれ？」

咄嗟に年代を言った。

「んにゃ、二十七年」

「じゃあ、まだ五十前じゃない」

もう、一つ二つは四捨五入の歳である。

年代がすぐ計算できるようなので、もしかして彼女も四十代？　と、俺も彼女の年齢を推測した。

女性は化けるので年齢当てが難しいのだ。

俺だってそうだ。いまは髪を坊主頭にしているが、髪を伸ばせば、二十代とは言わないが、三十代でまだイケるかもしれない……頭だけは。

輸血の準備も終わり、二日目の輸血が十時二十分に始まった。

「十二時半には終わるでしょう」

「二時間コースだね」

と、四百ccの血液が流れだした。

「今日は昨日と色が違うね」

「そうね。ちょっと色が濃いわね。でもこれのほうが血がよさそうね」

「今日はブタじゃなくベコ（牛）かい？」

馬鹿なことを言う俺を置いて、忙しそうに彼女は出ていった。

静かな病室、ほんとに個室に入っている雰囲気だ。これなら毎日でも入院したい気がする。

「暑いですか？　もっとクーラー利かせますか？」

と、さっき小笹看護婦は聞いていた。

「いや、俺はエアコンはあまり使わないから、消していいですよ。そんなに暑くないし」

実はかけっぱなしのエアコンは苦手なのだ。乾癬が酷くなるのだ。乾癬が酷くなるというより、酷い乾癬が、より酷くなるからだ。

さっき、テレビを動かして小笹看護婦が言っていた。

「テレビ点けますか？」

「首が回らないのでいいです」

「あら」

と言った。カルテには強直性脊椎炎のことは記入されていないようだ。乾癬は、記入されていなくても、腕に記入されているから言わなくてもわかるのだ。このように俺には多くの病が存在している。帯状疱疹でさえ、まだグズグズしている状態だ。ほんとは入院したい心境だ。

静かに時間は流れた。輸血も新聞を読みながら滞りなく進行した。ちょくちょく小笹看護婦が見に来る。

「半分ぐらい、いったかしら」

「どうかな……昨日、輸血をしたでしょ。今朝は少し違うよ、体調が……躰が軽くなった感じ」

「スキップなんかしたりして……」

と、小笹看護婦が言い、中年と思えぬ身軽な動作でスキップして部屋から出ていった。

そしてまた一時間。

新聞も隅から隅まで読み尽くし、輸血袋も赤みが薄くなってきた。俺はブザーを押した。

廊下でブザーが鳴っているのが聞こえる。食事の世話をしていたのか、足音がして小笹看護婦がやってきた。

「終わりましたぁ？……もったいないから搾《しぼ》りましょ」

と、輸血袋の赤いところをシゴいている。そして、生理食塩液を注入して今日の昼の食事（輸血）は終わった。

ちょうど、食事時の十二時半だった。

「お腹が空いたでしょ」

と、小笹看護婦は言った。

「いえ、食事と同じだからね」

「そうね。トマトジュースだからね」

二日間で、かなり冗談をコクようになってきた小笹看護婦が、冗談を言いながら二日目の針を抜いた。

「ほら、見てよあそこ。カマキリだよ」

「あらー……気持ち悪いわよね、あの顔は」

窓の外の網戸の角に、三角頭の薄緑色のカマキリが手を鎌のようにしてへばりついていた。

「よく来るよね。こんな高いところまで……あまり歩けないから飛んでくるんだよ、ヤツは」

カマキリは醜くてあまり歩けない。しかし、ヤツは元気がよく、この二階まで飛んできたのだ。俺もどこか飛んでいきたい気持ちだ。

「じゃ、カルテ会計に出しておきましたので、いつでも」

と、小笹看護婦が部屋を出ていった。

俺はブルーのシャツを着て、最後のお勤めにトイレに行った。部屋に戻ろうとした俺の前を、俺のもう一人の主治医である信長先生がナースセンターに入っていくのが見えた。センターの窓口から「こんにちは」と挨拶をして再び部屋に戻り、身仕度を整えて眼鏡と新聞を持ち、また廊下に出た。廊下の奥にはカトちゃんの姿が見える。

「ありがとうねぇー」

と、本のことだろう、俺に声をかけてくれた。

まぁ、ありがたいのは俺のほうだ。読んでくれるだけで書いた甲斐があったというものだ。せっかく本になったのに、残った本を捨てるわけにもいかないし……。

「じゃ、また……。あっ、これ、新聞、捨ててくれる?」

と、わざわざ遠くから歩いてきたカトちゃんに、読み終わって多少くたびれた新聞を渡した。

「ダメー！」

と、ナースセンターから声がした。

センターを覗くと、ニコニコした小笹看護婦のテーブルの前には、いま「ダメー」と言った外来の柳看護婦がいつの間にかテーブルでなにやら書類の整理をしていた。

俺が「新聞捨ててくれ」と言ったことが聞こえたのだ。

「ん？　誰だ……なんだ、柳さんか」

と言いながら、賑やかになった三人に、

「また、月曜日に来るから」

と声をかけ、一階のロビーに下りた。男性の受付に、「かねだですが診察カードをお願いします」と、金も払わずに二日目のお仕事を完了した（俺の医療費は特定疾患のため、月の三回目から免除）。

アパートに戻ると俺はまた沈黙の世界に浸る。

昨日より周りは静かだ。土曜日のせいである。

ただ何となくテレビを点けて、ただ何となく冷蔵庫を開けて、中にあるもので昼飯とした。そして薬を流し込む。これがここ三年の習慣だ。数カ月前は出版のことで少し変わった生活だったが、今ではまた虚無感に浸る俺に戻っている。クリニックに行かなければほとんど人と話すことはなくなった。

昨日もクリニックでカトちゃんに、「もう俺は愚痴ばっかりさ……これからはダラダラと生きるのさ」と、また愚痴っていた。

おそらく、本でも書かなかったならば、今よりもっと惨めな心境だっただろう。まぁ、今だって大差がない。

籠る部屋愚痴る言葉を冷蔵庫
いれて凍らす日々の冷たさ

輸血三日目の月曜日、午前十時だ。

俺は意外と真面目なのだ。時間ピッタンコンにクリニックに来た……そうでもない。慌てて出たので靴下を穿《は》くのを忘れてきてしまった。

会計カウンターの女の子に、

「おねがいします」

と、カードとメモを渡そうとした。

「受付はあちらです」

と、またドジった。

右隣が診察カードの受付なのだ。一昨日は顔見知りの女の子であったため、即、受け取ってくれた。

こんな病人をイジメるなんて……坊主頭なので、おっかないおっさんだと、見知らぬ受付嬢には敬遠されたようだ。

隣の受付には顔見知りの受付嬢がいた。

「おはよう」

「おはようございます」

あっ、というような顔でにこやかにカードとメモを受け取ってくれた。

一昨日の受付嬢だ。今流行りの、昔ではありえなかったすんばらしい茶髪のヘアーに、きっちりとしたグレーのベストの制服がよく似合っていた。

「二階に行ってますから、よろしく」

と、声をかけて階段を上った。階段を上りながら考えていた。（あの子はいつも領収書を折り曲げる子に似ているな）と。でも、よく観察していたらみんな折り曲げて渡しているようだ。（残念！）俺だけかと思った。

最近俺は、若い子はみんなおんなじように見える。それは、女の子はみんなが雑誌などの流行を追うからだ、と思う。まぁ、情報社会のなせる業だろう。

俺の若い頃は、月に三万四千円の給料だった。これでもその当時は高校卒としては最高の初任給だった。寮費と食事で半分ぐらいは消えたように記憶している。お洒落なんてもってのほかだ。せいぜいブリーフパンツを買うぐらいが関の山だった。

昨今のように、何でもディスカウントする時代じゃなかったのだ。通常価格ですべてが売られていた。床屋も二カ月にいっぺんは行っただろうか……床屋というように、もう三十年も昔の話になる。

「おはよう」

と、階段を上り切らないうちに、チラッと見えた淡いブルーというか薄緑の仕事着のカトちゃんに声をかけた。カトちゃんと言っちゃ失礼になるかもしれない。亭主も子どももいるだろう年頃の女性に、ちゃんづけは……。

「おはようございます。読みましたよ。おもしろいですね、読みやすくて」

と、本や原稿を読んだ感想を言った。

「これはこの前の続き……読んだら捨てていいよ」

と、「クリニック物語 1」の続き「クリニック物語 2」を渡して部屋に入った。今日もまだ一人も部屋にいなかった。コチョウ蘭が今日も俺を迎えていた。ピンクのカーテンが奇麗に束ねてある。

「クーラー点けますか?」

「ん、いいよ、このままで」

(この人は冷え性かしら)とカトちゃんは思ったかどうか。

昔、昔、ある人から言われた。

「手の温かい人は、心が冷たいのよね」

その当時、俺の手は温かかった。だから今は、躰中冷たくするように心がけている(?)。

「病院の人が読めばわかるのよね、あの本に書かれている人は」

「うん。でも、だいぶ辞めたでしょ、あの頃の人たち。あのヘルパーちゃんも看護婦になってすぐ辞めたでしょ」

「そう、すぐ結婚して辞めたのよ」

「あの本のさぁ、続きも書いてるよ」

「本を出してんの？　あのほかに」

俺が作家だ作家だと、でまかせを言うものだから、本当に作家だと思っているようだ。

「なに言ってんの。一度きりさ」

「すみませーん、かねださんのカルテ置いていきまーす」

雑談している部屋の前のナースセンターにさきほどの受付嬢が俺のカルテを置いていったようだ。

「うん。自費出版なら出さなかったけど、一応、出版社が協力してくれたからね。ズブの素人はなかなか本にしてくれないよ、へたくそだから……金があればまた続編でも、とは思ってるけど、これだけはどうしようもなくてさぁ、続編も書いているけど、本にはね」

「そう？　わたし読んでみたい」

彼女は三十代だと思うが、今の若い人たちは本をあまり読まないと聞いた。そういう俺もあまり読まない……続編もフロッピーに保存してあるので読ませてあげたいが、いかんせん枚数が多い。二十、三十枚ぐらいならワープロで印字もできるが、百枚以上印字となれば五、六千円ぐらいインク代がかかる。その額でも今の俺にはキツイ。俺のように人の世話で本を出した病人には、無駄なお遊び、と言われざるをえないかもしれない。

「まぁ、これでおしまいでしょ。でもいいよ。一応、本は出せたから……」

「そうよ、なかなか普通の人じゃ書けないもの」

部屋の前のナースセンターが賑やかになり、「あっ」と言ってカトちゃんはセンターに戻って行った。

Ｄｒ．も職員たちも、おそらく物珍しいだけで読んでくれていたのだ。俺は今ではそれに気づき、クリニックに原稿を持ってくることをやめている。カトちゃんとフクちゃんに声をかけられ、つい懐かしさでまた原稿を読んでもらって、今またしょうもない書きものを書くしかない侘しい人生を改めて感じている。

「いま始めますからね。トイレはいいですか？」

三日間おなじ看護婦で、おなじ挨拶で輸血が始まった。

「今日はどちら？」

「血管があまり見えないんだよ今日は。左がいいかな」

結構腕には肉がある。しかし血管が本当に細い。足も細い。運動ができないからだ、というより病気のせいのようだ。

「大丈夫よ、これだけ見えれば」

と、ピンクの羽根がついた、業界用語で言う、トンボを射した。

二日目ぐらいまでは雑談もあるが、三日間とも同じ看護婦だと話も尽きる。

今日は忙しそうだ。さっき部屋の真ん前のナースセンターから「入院患者が三人も来るのよ」と聞こえていた。

看護婦一人だと、とても忙しいのだ。掃除のおばさんが言っていた。女の人五人と、男の人数人が今入院中だとか。そして俺と、また三人増えたわけだ。

一時間新聞を読んで過ごしたが、忙しいのか、今日は一度も看護婦が顔を出さなかった。

カトちゃんが一度、「お部屋、暑くないですか」と、新聞を読んでいる俺に静かに聞いただけであった。

「ん、ちょうどいい」

と言うと、忙しそうに部屋から声が消えた。

声が消えた、というように、俺はほとんど躰を動かせない。輸血で動かせないのではなく、背骨、首さえも動かないからだ。寝たら寝っぱなし。もしこれが普通の人だったら、

「なにあの人、顔も見ないで失礼な人ね！」ということになりかねない。だから、知らぬ人と話すのには気を遣ってしまう。

その後の一時間、輸血の間に、トイレに一度行ったのと、「大丈夫ですか」と、小笹看護婦が一度来ただけ。

それから輸血も終わりそうな十二時頃に、一度目の輸血の時に同室だった人が来た。

今日も一人でガサゴソやっている。この人が来ても、看護婦がなにやら持ってきて、あまり付き添うことはなく、すぐ戻っていく。何の治療で来ているのか、ピンクのカーテンの中で自分で処置をしている。俺はまた考えていた。

(この人は癌で、直腸でも切除し、その人工肛門の処置でもしてるのかな) と。

俺はブザーを押した。

「終わりましたか？」

と、小笹看護婦がやってきて輸血袋をシゴいた。

「最後の一滴まで流さなくちゃね」

「案外セコイね……」

袋をシゴいている手が「あはは」と揺れた。

「ちょっと痛かったんだよ。最後のほうが」

「あらー、膨れてる。痛いでしょ」

「ん、まぁね。でも終わりだから射し返すのが面倒だから呼ばなかったよ」

「トイレ、行ったでしょ」

「行ったけど、それは一時間前。痛いのはついさっきからよ。点滴スタンドと遊んでいたんだよ。それでかな？」

「温めれば痛みが和らぐし、黒くならないから」

さすが……いつも漏らしているようだ。

「大丈夫よ。いつも一度はこのように漏れるんだよ。俺は血管が細いから」

「カルテ、会計に出しておきましたから、ゆっくりして帰ってください」

「今度は年末に来ますので……」

「あら、そうなの？……お大事にぃ」

と、輸血セットの残骸を持って部屋を出ていった。数分止血して、モスグリーンのシャツを着込み、サンダルを突っかけ、新聞と眼鏡を持って廊下に出た。

「大丈夫ですか……またお待ちしていまーす。若い子でなくて残念でしたね」

と、俺をからかう小笹看護婦に出くわした。

「えっ……ああ、お待ちしていてください。お世話様」

と、二階病棟をあとにした。若いだろうが年配だろうが、病気だらけの俺にはどうでもいいが、どうせ花を鑑賞するなら、そりゃあ萎びた花よりシャキッとした綺麗な花のほうがいいに決まっている。今度来る年末には、あの部屋にシクラメンの花でも飾ってほしい。

コチョウ蘭かほり嗅ぐならシクラメン
むらさき悲しい花と知りつつ

*　　*　　*

今日二度目の朝だ。

早朝に一度起き、朝飯を食って薬を飲み、再び床に就いたのである。輸血をするとこのようなことにたびたび陥る。躰中の血がワナワナした感じでだるいのだ。多少血液の拒否反応でも起こすのだろうか……。

今日は窓を閉め切っていても、さほど暑さを感じない。そのうえ長袖も着ている。俺は病気だ……もともと病気である。頭もモヤッとしている。その、目も開けたくないモヤッとしたオツムで原稿を書いている、というかワープロを打ち込んでいる。何かしていないとこのままままた眠りそうな感じだ。俺の場合は輸血の反動が数日間続くのだ。でも、免疫抑制剤も処方されているので多少は安心だ。

「コーヒーでも飲むかぁ……」

昨日、輸血帰りにスーパーで餌を買い込んだ。

インスタントコーヒーも買った。そして、マグネシウム入りの砂糖もついでに買った。マグネシウムを飲むと頭が冴えると思ったのだ。

「あっ、うめぇー……頭が冴えてきた。もう一杯飲もうかな?」

ポットのお湯がなくなった。やかんで湯を沸かし、本当にもう一杯飲んでしまった。

「髭でも剃るかぁ」

と、鏡の俺を観察した。髪も髭も白いものが増えた。躰がどんどんジジくさくなっていく。多少目蓋の裏は赤みが出てきたが、目ん玉の白いところが濁っている。溶血性貧血もあり黄疸があるのだ。ついでにシャツをたくしあげ、躰も鏡に映して見た。腹が出ている、ということはないが、乾癬の赤い斑点が躰を支配している。

髭を剃るのをやめた。どうせ誰もこないし、外にも出ることはない。

蝉の鳴き声がミンミンと、飛行機と自動車の騒音のかげから、もうしわけ程度に微かに聞こえる。

みんみん蝉油蝉より控え目に
鳴くならもっと高らかに鳴け
蝉の声老いたる声が秋誘う

小便の色が濃い。強い赤、というほどではないが、多少血が混じっているようだ。白い便座に垂れた尿の雫が赤っぽく見えてしまうのは気のせいではないだろう。

Ｄr.が言ったことがある。

「輸血をすると、かねださんは自分で血液を壊すから、たくさんの輸血はできないんだよ」と。

輸血をたくさんすると血液の崩壊も活発になるようだ。

最近は、免疫抑制剤が効いているのか、以前の葡萄酒色（赤）にはならなくなった。しかし、輸血によって躰の代謝が活発になるせいか、乾癬は酷くなる。

毎日剥がれ落ちた皮膚の掃除を欠かせない。歩く度に皮膚を床にばらまいている状態である。

今日は午前七時頃より、アパートのある部屋の犬が鳴き続けている。そこの住人が出かけてしまい心細く淋しくて鳴いているのだ。今まで鳴き声を聞いたことがなかったので、最近アパートに入居した住人の犬だろう。

俺がここに入居してもう直ぐ二年が来る。俺の部屋の前の階段を利用する二階の住人が三世帯替わった。……もう十時を回っている……まだ鳴いている。

主人待つペット淋しく泣きじゃくり
我が待つ人は一人たりと無く
犬が鳴き近所の犬ももらい泣き

昼、テレビを観ていると、部屋のチャイムが鳴った。

「こんちはー、電気屋でーす」

まだ、防音工事の残りがあったことを思い出した。

「電気のアンペアを上げに来ました。すぐ終わります」

「電気切りますか?」

台所にあるワープロのコードを抜いた。部屋中のコードを抜いた。

「基本料金が変わりますので……」

「そら、まずいな……」

……そして十分ぐらいで終わった。もう、工事はすべて終わったと思っていた。カレンダーを確認したら、工事が始まって以来、なな、なんと、一カ月と二十一日目の出来事であった。

昼下がり思い出したる長工事
もう来ること無き訪問者かな

夢

……男たちは疲れきって寝てしまった。

ある山深い温泉宿だ。男たちは渓流釣りに来ていた。

釣り上げた山女《やまめ》（渓流に棲む魚）をビールのつまみにして、風呂にも入らず寝てしまったのだ。

夜中にふと目を覚ますと、この宿では見かけない仲居が暗闇にボーッと佇んでいた。

「あのぉー、おビール、持ってきました」

「僕はビールは頼んでませんけど……」

寝惚け眼で男は女に言った。

「あたしが飲みたいんです」

「じゃ、自分の部屋で飲めば……」

「一人じゃ淋しくて……」

「僕は眠いんです」

と、静かに言って部屋を出ていった。

「すみません……」

男は気にも止めないでまた熟睡した。

朝早く起きた男は露天風呂に入り、（昨日風呂には入らず寝たよな。だれかその後来たような？）と、考えていた。

濡れタオルをぶらぶらさせ、部屋に戻ると、宿の女将が朝飯の用意をしていた。

「女将さん、この宿には仲居さんもいますか？」

「いえ、わたしたち夫婦だけですけど……なにか」

「別に……じゃ、お客に若い女性の方はいますか？」

「いいえぇ、みんな男の方ばかりですが……」

「どうしたんだよ」

と、テーブルでお茶を飲んでいた仲間が聞いた。

「ああ、夜中に誰か来たようだったけど、お前は見たか」

「なに、寝惚けてんだよ、誰も来ないよ」

男は夢を見たのかと思い、それ以上は聞かなかった。

「行ってきまーす」と、男たちは、おにぎりとお茶を用意してもらい、今日も釣りに出かけた。

東北の奥羽山脈、あまり人も来ない山奥だ。男たちは二十代のサラリーマン。ゴールデンウイークを利用して釣り旅行をしていた。

男たちは沢が小さいので、別々の沢で釣りを始めた。

沢では残雪が所々にドームを作り、そのドームの中は冷気が白っぽく霞んでいた。

「こんにちは、釣れますか？」

と、沢の小道で昨日の仲居らしき女に出会った。

「いいえ、ここはちょっと水が冷たすぎるのか釣れませんね」

「そうですか、釣れませんか……この山の向こうにも沢がありますよ。そこは岩魚《いわな》が釣れると主人が言っておりました」

「そうですか、じゃ、行ってみます、そちらに」

「では……」

と、小道をすれ違って後ろを振り返った男には、もう女の姿が見えなかった。

（どこから来たんだろう。あの宿には仲居はいないと、女将が言っていたようだけど……）

この周辺には宿は一軒だけだ。こんなに朝早くから山には登ってこないはずである。

隣の沢ではよく釣れた。それも尺を超える岩魚ばかりだ。男は梅干しの入ったおにぎりを頬張り、澄んだ淵の水面をぼんやり眺めていた。一匹の魚が水面に上がってきたかと思ったら、突然、その魚が女に変身した。

さっきの仲居の顔だ。

「あなたが昨日食べた山女は私の夫です。責任とってください」と、女は泣いた。すると、見る見るうちに沢が濁流と化して男は下流へと流されて濁流の中に消えた。

数日後に男は、沢が本流に流れ込む合流地点で発見された。

男の躰には、小判型文様と赤い斑点が浮き出ていた……。

俺は、そんな夢を見ていた。このように鮮明ではないが、書いたらそうなった。

夢を見ていたのだが、それも躰に赤い斑点が浮き出る夢だった……いつも乾癬を見ていて、それが夢になったのだ。結構リアルな夢だった。俺は昔、渓流釣りをしていた。沢も見た感じがする。宿も、そして何より女だ。いま思うと、まったく顔を思い出せないのが些《いささ》か心残りな夢だった。

夢を見て思い出せない面影に
続編書くか夢の続きを

昼も近くなり、今日から始まった学校へ生徒たちがやかましく交差点を渡っていく。幼稚園は一週間前から始まったようだ。いつもどおりの賑やかなアパート前になった。

今日も午前七時頃から、アパートの犬が鳴き続けている。飼い始めたばかりの幼い犬だろうか、出勤した飼い主でも求めて鳴いているのだ。あと数日もしたら、飼い主が毎朝出かけることを知るだろう。

このアパートは、ペットが自由に飼える。どこかの部屋にもインコがいるらしく、囀《さえず》りが毎日聞こえている。

囀りというような鳴き声ならまだいいが、以前いたアパートでは、耳の遠い一人暮らしのおじいちゃんがコンゴウインコのでかいヤツを飼っていた。

（堪らないぜ、声が大きくて……）

という大声で、毎日、緑色のでかいコンゴウインコが「キィー、キィー」と鳴いていた。

ペット飼い継る心の現代人
我継るもの無き近代人

先日の夢の続きを作ろうと、台所のテーブルに置いてあるワープロのスイッチを入れた。何やらワープロの画面に指示が出た。電池が切れたようだ。ワープロを買ってから二度目だ。単三電池四本を替えて、ワープロをセットし直した。俺の使用しているワープロメーカーは、ワープロ生産を中止するようだ。壊れたら、もうワープロを打つことはないだろうか……。

静かな日曜日だ。もうお昼だ。だが、腹は減っていない。コーヒーに牛乳を入れて飲んだ。

夢の続きをどういうふうに、作ったろかと考えていた。

考えた……男は死んだのではなく生きていたのだ。

あの出来事から二十年が過ぎた。男は四十も過ぎて所帯も持たず、仕事はやったりやらなかったり好き勝手に生きている。

金が多少入ると仕事はしない。酒を買い、チビリチビリ飲む。あの事件以来、男は夢に魘《うな》される。妙にやる気がなくなった。そして、あの出来事をいつも思い出している。それを本にしようと日々を過ごしている。

二階六畳一間、男のアパートの一階には弁当屋がある。

アパートの大家が弁当屋をしている。

男は横の階段から一階に下りた。

「おばん、シャケ弁、ちょうだい……味噌汁サービスしてよ」

男は、誰も姿の見えない店に言った。

「いらっしゃーい。三百五十円のやつ一丁!」

「おいおい、でかい声で言うなよ……あれぇ、おばんは?」

いつもは大家のおばちゃんが店を切り盛りしていた。まだ二十歳ぐらいの髪の真っ黒い神秘的な女の子が店で働いていた。

男は店の周りを見渡した。

「あたしゃいるよ。この子、ときちゃん。よろぴくね!」

と、おばちゃんが店の奥から出てきた。六十過ぎの割にはおもろいおばちゃんだ。新しくきた女の子が弁当を男に手渡しながら言った。

「はいっ、一番安い弁当……わたしはときこでぇーす。秋子と書いて、ときこっていいまーす。ヨロピク！」

神秘的な風貌とは大違いの言動の子だ。

「ときちゃん。このひと遊び人、近寄るな」

「それ、ねぇべー、一応、仕事はするよ、たまに」

「遊び人って、やくざ屋さん。カッチョいいー」

男は、（面白れぇ、活きのいい子だなぁー）と思った。そして（秋に生まれたので秋子《ときこ》って名前をつけたのか、それとも父親が漁師かな、北ではトキシラズという魚が獲れるよな）と、男は要らぬ憶測をした。

「この子、ゆんべ突然やってきてさ、腹減った何か食わせろ、なんて言うんだよ。どこから来た、と聞いたら、聞かないでよ、と生意気なんだよ。でも、どこか憎めなくてさぁ。目も澄んでパチッとしてて悪さもしそうにないし、それで手伝わせているんだよ」

「ふーん」

男は気にも留めないで、細かい金で三百五十円を秋子にわたし、シャケ弁を持って自分の部屋に戻った。

男は部屋に戻り、また小説を書き始めた。実はあの山女の女は男を殺そうとして濁流に飲み込んだのではなかった。あの女は、男を新しい恋人にしたくて自分の世界に連れていったのだ、と、男は書いている。ファンタジー調なのである。男にはちょっと無理がある小説だ。

男は、サービスの味噌汁を弁当の上にかけて、「猫まんま」にして流し込んだ。そして、出がらしの、これまた一番安い番茶で口をすすいでそれをゴクリと飲み込んだ。

「あっ、汚ったなぁ……見ちゃったもん」

さきほどの秋子がリンゴを持って、開けっ放しの部屋の入り口に立っていた。

「おう、なんだ?」

「これ、持ってけってさぁ、おばんが」

「おっ、ありがと……世話になっててておばん、なんて言うなよ」

「だって、かなりのおばんじゃん?」

「また言う。あれでも若作りしてんだから……」

「無理してさぁ、疲れんべに……」

「ねえちゃん、田舎は北のほうかい？」

「ねえちゃんはよしてよ。お前の姉じゃないし、ときって呼んでいいよ」

「しかし、おまえは口が悪いなあ……じゃあ、ときちゃんは東北の生まれかい？」

「さぁ、どうでしょ……しかしこの部屋には何もないなぁ、彼女、いないだろ？」

「要らないんだよ、どうせ食えないから……」

部屋には敷きっぱなしの蒲団とコタツ。コタツの上にはボールペンと今書いていた原稿用紙がとっちらかっている。そして、小さな台所に生活用品、部屋の奥にはビール瓶を入れる空箱の上に電話とテレビだけである。

「ふーん、これじゃ、やっぱな」

「なんだ、やっぱ、とは……これでもモテんだよ」

「うそだぁー、そんな汚い髭面してて……」

「剃ればいい男なんだよ、俺は」

「そう思ってなよ。じゃあ、またねぇ……」

ここで俺（かねだ）は考えが行き詰まって、ワープロを打つのをやめ、シャワーを浴びることにした。髭を剃ろう、夢の続きを考えていてそう思った。午後五時だった。今日は油蟬とミンミン蟬が仲良く鳴いている。

夢続き何が何やら夢うつつ
現実なのか蟬の声さえ

今日は月曜日、もう町は通常に戻ったような騒がしい朝になった。八時も回り、小学校の拡声器から、先生の声らしき挨拶がアパートまで届く。

俺は飯を食い、台所のテーブルでお茶を飲んでいる。

今日も、いつものパターンで生きている。少し坐骨のつけ根が痛い。また少し涼しくなり神経痛が疼き始めたようだ。下痢も少しある。これは致し方のないことだ。薬のせいなのだ。あの犬は今日も鳴いている。

今日も長い一日が始まった。また暇潰しに昨日の続きを考えた。

……男（名前を沢田とする）は釣り仲間のところに遊びに行った。彼は所帯を持って子どもも二人、典型的な家庭の親父になった。

「沢田さん、お元気？」

彼の連れ合いが言った。

「まぁ、なんとか」

「コイツは、元気だよ。定職にもつかないでブラブラしてるから。以前は俺と同じ会社に勤めていたのに、あの出来事があってから人が変わったのさ……」

「あの出来事って？」

「コイツは一度死んだのさ、沢で流されて」

「初耳ぃ」

「ああ、コイツがあまりそのことに触れたがらないから」

「ふーん、そんなことがあったの……」

「伊東よぉ、あれから二十年経ち、あの出来事を、いま小説に書いてんだよ」

釣り仲間の彼の名は伊東という。

「そうか、そういう気持ちになったか」

「変な話でさぁ、あの時に警察でそれを言ったら、精神異常者扱いされてさぁ、それでそれからは何も言わなかったのさ」

「まぁ、いいんじゃない。世の中、不思議なことはたくさんあるから、あんときは五日も行方不明だったよな。見つかったときは、テッキリ、仏さんかと思ったよ。それが怪我もなくピンピンだからびっくりしたよ」

「だからそんときに俺は言ったんだよ警察に、女と暮らしていたと……川の中で」

「でもさぁ、警察でなくても、俺でも疑うよ。川の中で生きていたなんて……」

「そうだよな。今考えれば夢だったかもしれないな。でも時々その女が夢にも出るんだぜ、今でも何がなんだかわけがわからないよ」

沢田は竜宮城みたいな出来事を伊東夫婦に聞かせた。

……俺は濁流に流され、すぐに女に手を引っぱられ川の中の女の家に連れていかれたのさ、女の家は綺麗だった。

透き通ったガラス張りのような家、何もかもが透き通っていた。絵画らしきものが透明な壁に飾ってあった。水泡に囲まれたカップルのような魚の絵画だった。

女は言った。

「あの大きな山女がわたくしの主人。そして小っちゃい山女がわたくしです」

それからさらに、

「あなたは昨日、わたくしの主人を釣り上げ、そして食べたのです。その責任をとってもらい、ここで暮らしていただきます」

と言われたのさと、沢田は伊東たちに水中での出来事を聞かせた。

「それから？」

と、伊東夫婦は身を乗り出した。

「それだけよ。あとはわかるだろ」

「わかんねぇーよ、それからの女とお前だよ。どうなったぁ」

「いいじゃん、お前らと同じだよ」

と、続きを思わせぶりに、また話して聞かせた。

……水中では結構楽しく夫婦ごっこが続いた。でも俺は飽きてきた。景色がいつも同じなのだ。

食事も同じ、することもなくいつも単調。女は五日目に言った。

「あなたは人間の社会に戻りたいのですね？　わたくしがどうなろうといいのですね。そんなにあなたが地上の生活に戻りたいなら戻っていいです。ただし、苦労を一つ背負っていただきます。では今から呪文をかけ、人間の社会に戻します」

「……そして俺は五日目に発見されたのさ、病気を一つ持たされて。それが今の皮膚病さ。面白れぇ話だろ」

「何言ってんだ。それとは関係ねぇだろ」

と、伊東は言った。

「だから言うのが嫌だったんだよ。馬鹿みたいな話だからさぁ」

そして沢田は夜に弁当屋のアパートに戻った。

弁当屋はまだ営業していた。あの秋子が店にいた。

「ただいまー」

「おう、おやじ。いま帰ったか」

「おやじはないだろう。せめておじさんぐらいは言いな」

沢田は二階の自分の部屋に戻った。部屋に戻ると、弁当と味噌汁が、鍵のかかっていない部屋の中に置いてあった。（おばんが置いたのかな？）と思いながら、ありがたくいただいた。

夜が明けて、沢田は出版社に出向いた。

小さい出版社だ。出版社とは名ばかり、印刷所と言ったほうがいいだろう。タウン誌の発行とか、名刺作りとか自費出版の手伝いなどをしている個人の出版社だ。

「おう、いらっしゃい。できたぁ?」

「まぁ、なんとか」

社長が沢田の原稿を読み始めた。

「お茶にする? コーヒー?」

事務員だ。事務服に腕貫。いまでは誰でもかれでも染めている茶髪の、三十過ぎの出戻り女である。今で言うバツイチってやつである。

彼女の名は春海という。

春海も沢田のことは知っている。なんども沢田がここに足を運んで、もう十年来のつき合いだ。いつも気軽に声をかける春海だ。

「いつもあなたは汚い恰好してるわね。髭ぐらい剃りなさいよ。それでなくても病気があるんだから……」

社長たちは沢田の皮膚病は知っている。

「いいじゃん。君こそ、その頭を黒くしなよ。全然似合わないよ。顔がでかいんだから」

「まぁまぁ、喧嘩はよそでやれよ。うるさいよ」

原稿を読んでいる社長が言った。

「じゃ、社長、ちょっと出てきます。一時間で戻ります。よう、春ちゃん、パチンコでも行こっ」

「金もないくせに……それであたしを誘うのね。金のないときばっかね、あなたは」

と言いながらも、二人でパチンコ店に向かった。

「ねえ、あなたの所の弁当屋さんに、若い女の子が来たでしょ。手を出さないでよ」

「バーカ、俺の子どものような歳だぞ、あの子」

「信用できないからなぁ、男は」

「君に言われたくないなぁ、かあちゃんでもないのに」

「一応、忠告よ……そのなりじゃ相手にされることはないと思うけどぉ」

そうなのだ。沢田はいつもスポーツシャツにジャージーに白いズック。今ではスニーカーだが、沢田はこれがカッコいいと錯覚している。

「やったぁー、これで今夜はスキヤキだぁ」

「もう出たの？」

「まぁね。おまえさんの軍資金で稼いでわりぃね。今夜いっしょに食べられるぞ。感謝感謝」

パチンコ代まで春海に出させた沢田だった。

「あのね、沢田さん？」

「なんだよ、気持ちわりぃな、さんづけで……」

「もう、一緒に暮らさない？　ご飯まともに食べてないでしょ……弁当屋のおばちゃんが言ってたよ。いつもサービス、サービスって……」

「あっ、ゆんべの弁当、春ちゃんか？」

「ううん、知らない。それより、いまのこと考えてね」

「ああ、考えとくよ。でも俺ではなぁ、社長が……」

「真面目に考えろよなっ、おまえ」

「おっとぉ、恐いな……」

一時間が二時間になった。

「社長が怒ってるかもよ。大丈夫か、こんなにサボって」

「大丈夫よ。あたしの父さんだから」

「おやまぁ、初めて聞いたよ」

「言わなかったもん」

「君は親戚の娘かと思ってたよ」

「結構肩身が狭いのよ。兄もいるし。それに出戻りだし」

「そうか、早く言えばよかったのに。俺も前から思ってはいたんだけど……なーんだ。そうかぁー」

出版社に二人は戻った。

「駄目だなぁー」

と、社長は言った。彼女のことではなく、小説のことである。話が突拍子で話が短い、と社長は言った。

「もう小説はどうでもいいです。春海さんをいただきます」

と、沢田はいきなり言った。

社長は「そうか」と言った。そして、チョビ髭の顔に安堵の笑みがこぼれた。

「こいつはもうすぐ四十も近い。どうすんのかと心配してたんだよ。こいつの兄貴たちに申し訳ないからなぁ……一緒になる条件に、私の会社を手伝えよ。それなら私も安心だよ」

と、社長は沢田に言った。

「四十は言い過ぎよ、父さん。まだ三十五よ」

「似たようなもんだよ」

と、沢田が言った。

「あなたが言わないでよ」

「俺で我慢しろ、髭を剃るから」

「歯も磨いてね、臭いわよ」

何もかもだらしなく生活していたことを、沢田は気づいた。

一週間後に沢田と春海は一緒に旅行した。

春海は船で北海道に行きたいと言った。どういうわけか、秋子もいっしょに船に乗ると言い出した。（故郷にでも帰るのかな）と思い、一緒に船に乗った。

太平洋は波が穏やかだった。数時間経ち、海を眺めていた春海が突然泣き出した。

「泣くぐらい俺と一緒になりたかったのか?」

「まさかぁ……違うわよ。結婚したのはあなたがかわいそうだったから、貧乏だし……」

と言って、大事に持っていた白い百合の花を青い海原に捧げた。

「おじいちゃんたちが昔、三陸大津波で亡くなったの、ここで。ここが私の生まれ故郷よ。大船渡が」

「そうか、それで君は春海というんだな。今わかったよ」

静かに沢田たちに寄り添って、話を聞いていた秋子が言った。

「わたしは、この三陸の海に流れ込む沢で生まれたの」

沢田と春海は、秋子は何を言っているのかと首を傾げた。

「そうか、秋ちゃんは山村の生まれなのね」

と、春海は言った。

「違う。沢の水の中で生まれたの」

と、また秋子は言った。

「あっ、思い出した。もしかしてあの山女の女の娘さん？　どこかで見たような気がしてたんだよ。じゃ、秋ちゃんは俺の……」

変なこと言うのね、という顔をして春海は沢田を見た。

「わたしは、あなたの生活を観てきなさい、と、お母さんに言われて観にきました。もしあなたが、だらしない生活をしているようなら、連れてこい、と言われてきました。でも、もう大丈夫なようです。わたしはお母さんの所に戻ります」

と、秋子は、今までの乱暴な言葉じゃなく、丁寧に言った。

「わたし、秋に生まれたので秋子とお弁当屋では言いました。当然です。魚ですから。でも、名前なんかありません……またいつの日かあの沢でお会いできたら嬉しいです。その折には秋子と、大きな声で呼んでください。いつでもお会いできるでしょう。お二人でお幸せに……」

と、突然山女になり、海に身を投げた。飛び込んだ海は一瞬鏡のようになり、もう一匹の綺麗な山女とジャンプして海に消えて行った。

「なにぃー、あれぇ」

「君は幻を見たんだよ……じゃ、ごめんよ」

と、言うか言わないうちに、沢田が海中深く消えた二匹の山女のあとを追うように、船の手摺りを乗り越えて海に身を投げた。

　すると沢田は山女になり、二匹のあとを追うように海中深く消えて行った……。


と俺（かねだ）は、たわいもないヘタな夢の続きをワープロに打ち終わった。

「ああ、疲れた」

ようやく昼になった。防音工事で奇麗になった台所に行き、コンビニで買った二百七十円のアルミの鍋に入った生うどんを火にかけた。

　今の俺の昼飯が二百七十円で、夢の続きの弁当が三百五十円とは、少しリアリティに欠けるかな？　と、鍋の中のうどんを見て、そう思っていた。

独り身や幻覚もどき書に記し
三百五十円リアリティ無し

＊　　＊　　＊

今日は午後からクリニックだった。

「あのさぁー、ミンヤククれる？　夢ばっかり見て眠りが浅くてさぁ」

「最近の睡眠薬は飲んでも死ねないよ」

と、Ｄｒ.のキッーい冗談。

そうらしい。二、三十錠ぐらい飲んでも苦しむだけだ。

「またぁ……酒と飲んだら？」

「酒と飲めば逝くかも……」

と、傍にいた看護婦。

こんな会話をクリニックでしていた。

でも、睡眠薬は貰わなかった。俺にはワープロがある。これをやたらめったら打つことによって睡眠を誘っている。

「輸血した分、だいたい数値が戻ったよ。ちょっと減ってはいるけど」

と、採血の結果。

変な話だが、ようするに輸血したが、もう、少しずつ減り始めている、ということらしい。

血小板は三・七。変わらず。

桜吹雪のような、躰一面のピンク色の乾癬をＤｒ．に見せた。

「いやいやいや、かわいそうだな」

これがＤｒ．の感想。

「背骨のあんばいはどうだろう？」

「整形の先生に会ってみるかい？」

そして会った。首の曲がりを測定したり、体の自由度を診たり、足の関節の自由度を診たりして、強直性脊椎炎の障害で、障害の度合五級ぐらい、と若い、マスクをした整形の斎藤先生が言った。

そして、会計で領収書を受け取った。今日も顔見知りの受付嬢だった。数年通院していまだに名前も覚えていない。俺は受付嬢の名前を確認しようとして、少し焦点のぼけた目を、彼女の胸の名札に向けた。

彼女は俺の目を見た。（あら嫌だ。わたしの胸のサイズでも測っているのかしら？　やーね）と思ったに違いない。

その視線に負けじと再び名札を見た。なな、なんと、俺とおんなじ苗字なのだ。

「あっ、俺とおんなじだね……」

彼女はその視線の意味を理解して、改めてニコッと微笑んだ。

今日のクリニックは空いていた。学校も夏休みが終わり、そして、ここんとこ涼しいせいかもしれない。

「今日は暇なんだ」

とDr.は、俺が廊下にいるとき、そばを歩きながら言った。

「午前中は、とても忙しかったのよ」

と、採血の角看護婦が言っていた。

ようするに、午前中は忙しくて、Dr.の診察時間の午後は暇だった、というクリニックの出来事だった。

＊　＊　＊

しかし、夢しかみない日々と、クリニックに縋る日々。もう少しやることがないものか……。

何もすることもなく椅子でうつらうつらしていた。

部屋のチャイムが久しぶりに鳴った。チャイムの音を聴くのは何日ぶりだろうか。

部屋の入り口に行ってみると、口髭のあの工事監督が、若い衆と立っていた。

「あっ、どうも。寝てました？」

「いえいえ……」

「工事の残りがありまして……」

「ああ、そうですか、どうぞ」

押入れの上のほうに、チョッとだけエアコンのホース周りのクロス貼りが残っていた。

俺は首が曲げられないので気がつかなかった。

「こんどの土曜日に設計事務所の検査が来ますので、よろしくのほど……」

と、クロスを若い衆が貼り、工事監督は二人で帰っていった。もう来ることがないと思っていたが、最後の工事審査がまだ残っているようだ。あと二、三日で工事が始まって二カ月だ。まぁなんと、手間暇かかる防音工事である。

俺にとっては、なんだかんだ言ってはいたが、結構暇を潰せたような気がする。

今のアパートに移ってもう少しで二年になる。要するに俺の書いている難病物語も二年になる。このアパートで原稿を書き始めたのだ。今回は防音工事も原稿のネタにした。あの当時からみれば、俺もワープロがだいぶうまくなった。ただし人差指二本だけで打ってはいるが。

諸事情があり、このアパートをまだ引っ越すわけにもいかない。俺が住むにはここは家賃が高い。エアコンも二機ついたがほとんど使わない。換気扇も二つついた。これも俺は煙草を吸わないために電源を抜いている。

先日、賃貸契約更新の書類が早めに届いた。

このアパートの契約も二年だ。二年後、俺はまだこのアパートで難病物語を語っているだろうか、そして夢を見ていられる精神状態だろうか……。今日もまた「防音工事なにするものぞ!」と、米軍機がやかましくアパートの上空を飛んでいる。

あとがき

今日は通院日。その前にスーパーに買い出しに出かけた。どんよりとした薄曇りの日だ。今、スーパーから戻って、買ってきたばかりのインスタントコーヒーをいれ、ラジオを点けて六畳間のテーブルのワープロ前の椅子に腰かけた。そしてワープロのスイッチを入れ、これからあとがきを書こうかな？　と、ふと考えていた。

前作を読んだある人が、「ネタを小出しに書いていけば本をたくさん出せたかも……」と、電話口で言った。そうなのだ。前作はヘタなくせに俺の四半世紀をいっぺんに書いてしまったような気がする。この感想を言った人は、先日亡くなった。俺が前作を書く前に大腸ガンを患い、その時分には余命数年と、すでに家族には告知されていた。それから三年、無念の気持ちだろう。本が好きだった人で、俺の拙《つたな》い本を喜んで読んでくれた。この作品も出来上がっていたが、原稿を読むこともなく旅立った。

世は無常だ。長い間病を患い、死んでも仕方ない俺が生きてゆく。そして俺より元気だった人が逝く。

梅の花桜も見ずに露となる

前作は自伝のようなものだった。本作も毎日が難病物語でネタが尽きることはない。ただ、あまりにもネタが似通っていて物語の続きを書きあぐねていた。わたしは本などもあまり読まず、フィクションの小説を書けるような才覚はない。そこでたまたまアパートの防音工事の顛末を難病物語に取り入れた。それは梅雨もないような夏に始まった。急に灼熱の日になったり、夏とは思えない涼しい日になったり、たまに驟雨、テレビの国際陸上のざわめき、大リーグのイチローの活躍、そして工事の騒音を掻き消すジェット機の爆音。俺は病気でほとんど外に出ない日々を過ごした。そしてただひたすらワープロに向かっていたことを思い出す。

前作の本にも記してあるが、俺はまったく本に縁のない人生を送ってきた。今でも同じだ。前回、著者校正があるので辞書一冊は兄から貰った。こんな男が本を書いているなんて、おそらく出版社の人々も小説の中の冗談と思っているだろう。まったくフザケタ野郎なのである。でも、今ではワープロで原稿を書くことができるから簡単なのだ。それと少しの人生経験。そして少し日本語がわかって、それからちょっぴり寂しければ……。

去年は、出版は前作で終わりにしようと思っていた。その頃俺は三、四カ月ごとに輸血を繰り返しており、その時期だった。それと母の死で疲れきっていた。しかし、暇潰しで書き溜めていた日誌のようなものを書き直してみると、結構な分量になり、出版の運びになった次第である。

いまだに病気たちには変化なし。少しいい兆しがあったが、兆しだけで終わった。治るものではないことは知っている。前作を書いている頃は体調はよくなかった。今は慣れてそれほどでもない。薬も効果が出ている。でも、乾癬は躰全体に発症している。去年より皮膚の剥がれは少なくなった。強直性脊椎炎は障害者手帳を貰う躰にしてくれた。でも歩くことはできる。ただし近距離だけである。「動いてなきゃ、動けなくなるよ」と我がDr.は言う。それは今は大丈夫だ。俺は一人暮らしなので動かなきゃならない。でもでもでも、頑張る気持ちはまったくない。俺には「頑張る」という言葉は死語なのだ。見え透いたきれい事は俺は書かない。ただ、葉っぱが濁流に流されるように、見え隠れしながら生きてゆく……。

『難病物語』を刊行してもう少しで一年になる。続編のこの本を制作している最中に一年が過ぎるだろう。一年は早かった。一年の間に特発性血小板減少性紫班病で三度か四度の輸血をした。身内は二人亡くなった。お袋は俺の本を一度も開かずに天国に旅立った。生前、本が出来上がったときに手に持たせたが、読める状態じゃなかった。でもわかったのか、動く手のほうで本をギュッと掴んで離そうとしなかった。人生にヤケになっていないで、もっと早く本を書けばよかったと思う、後悔先に立たずの日々である。今作は、亡くなった人の供養のために出版することにした、と言っていい。

「後悔はしたくないが、してみるのもいいものだ」

俺はこのあとがきを書き終わったら、一カ月後か、数日後かわからないが、遠くない数日後に、乾癬で赤くなった手をポケットに突っ込み、躰が硬くなって猫背になり、極度の貧血だが少し歩ける躰でクリニックに輸血治療に向かうだろう……ワープロで印字した真新しい原稿を小脇に抱え込んで。そして俺は治療ベッドでＤｒ.に会うだろう。前作は、Ｄｒ.の本を病院の売店で見かけ、俺も本を書いてみっかな？　と思いつき、渾身の力を傾けて書いた本なのである。Ｄｒ．は言わば俺の本の生みの親である。そのＤｒ．に「また読んでよ」と、俺はベッドの上で輸血チューブに繋がれた状態で言うだろう。Ｄｒ．は忙しいのにもかかわらず、「じゃ、借りてくよ」と断りもせずに原稿を受け取るだろう。しかしその前に、受付カウンターで、「原稿ヲ読ミタイデス」と、受付嬢にカワユク微笑みながら言われてしまったら、それはそれは普通のおじさんの俺としては、迷わずその可愛い子ちゃんに原稿を手渡すだろう……まったく俺は恩知らずな病気持ちである。でも、テレビドラマでもあまりお目にかからないような光景が起こって……。

「ねえねえ、この原稿、あのダッサーイ変なおじさんが書いているのってぇ、チョー信じらんないぃー」

「マジよ。でもぉ、そのダッサーイおじんは、時々ドラキュラになってぇ、口から輸血用の血をスッテイルノヨォ～」

「うっそぉ～……キモォ～イ」

と言われていたらチョー面白いだろうな、と思う今日この頃のコミック調な俺である。こんな馬鹿なことを思っていなければ、この先「やってらんない」のである。

長々と、あとがきが本文のようになってしまった。たぶん、今回の作品で最後の出版になるでしょう。原稿ネタがないということではない。むしろもっと面白いことが起こりそうだ。でも「また！」とは書けないのが病気に振り回されている俺の現実だ。「さようなら」とも書きません。またいつの日か『難病物語　3』が、ひょっこりと本屋の棚に並んでいたりして……。

花は咲く散ってまた咲くひょっこりと

二〇〇二年　四月

かねだ　かずき

著者プロフィール

かねだ かずき

昭和27年4月27日生まれ。
岩手県二戸市出身。
著書に『難病物語』（文芸社）がある。

防音工事がやってきた —難病物語 2—

2002年8月15日　初版第1刷発行

著　者　かねだ かずき
発行者　瓜谷 綱延
発行所　株式会社文芸社
〒160-0022　東京都新宿区新宿1－10－1
電話03-5369-3060（編集）
03-5369-2299（販売）
振替00190-8-728265

印刷所　株式会社平河工業社

ISBN4-8355-4192-8 C0095